世界の神話

沖田瑞穂

岩波ジュニア新書　902

はじめに

「神話」と聞くと、みなさんはどのようなものを思い浮かべますか？

きらびやかな神々の物語を思い浮かべるかもしれませんね。あるいは、現実にはありえないような非論理的な物語、と思われるかもしれません。

神話には、たしかにうるわしの神々の物語もあります。論理が通用しない、一見不思議に思われるような話もあります。ですが、それだけではありません。私たちの感覚からすると「きたない」と思ってしまうような話や、信じられないくらい残酷《ざんこく》な話もあれば、よく考えてみると驚くほど論理の通った物語もあります。

神話は、一様《いちよう》ではないのです。

では、「神話」とは一体、何なのでしょうか？

これは、じつはとても難しい問いです。ここではあえて深入りしないことにします。ただ、一つだけ、「神話」の中核をなす定義をご紹介します。

「神話とは、聖なる物語である（であった）」

というものです。

「聖性」という言葉がキーワードとなります。ある話が語られ、そして聞かれていた時に、それが「聖なるもの」ととらえられていたなら、その話は「神話」である、ということができます。

今、この現代に伝えられている多くの古代神話は、過去にはたしかに聖なるものでした。しかしその聖性はほとんどの場合、時代とともに失われていきました。

それでも、物語としての神話は連綿《れんめん》と生き続け、新たな聖性を吹きこまれ、そして新たな意味を持って、私たちに語りかけてくれます。

「世界の神話」をめぐる旅に、ご一緒に出かけていきましょう。

目次

本書で紹介する地域

北欧
→129頁
ケルト
→105頁
ギリシア
→77頁
中国
→165頁
メソポタミアとその周辺
→37頁
エジプト・アフリカ
→59頁
インド
→1頁
インドネシア
→153頁

1

インドの神話

神々と悪魔たち、乳の海をかきまぜる（18世紀）

インドには、神話伝説がゆたかに残されています。その量は西洋諸国の古典語、ギリシア語やラテン語、ヘブライ語で記された文献を合わせた全体をはるかにしのぐとされます。

文献の豊富さという点でインドに拮抗《きっこう》しうるのは中国のみですが、インドと中国の文献は、その性質においては正反対です。中国は歴史書を多く残しました。しかしインドには系統立った歴史書とよべるものはほとんどないのです。そのかわりインドは、神話や哲学、宗教に関するおびただしい著作を残したのですが、中国には神話伝説に関する著作はわずかしか残されていません。

中国の人々が古来より現実世界に対して強い興味をいだいてきたのに対し、インドの人々は古来より現実世界よりも別の世界、つまり神々の世界や、死後の世界に興味をいだいてきました。その違いが、残されている文献の種類にも表われているのです。

インドの神話は、大きく二つに分けることができます。一つは「古い神話」、すなわちバラモン教の神話、あるいはその文献の名をとってヴェーダの神話ともいいます。そしてもう一つが

「新しい神話」、すなわちヒンドゥー教の神話です。
それではまず、バラモン教の神話をみていくことにしましょう。

バラモン教の神話

インド最古の宗教文献を『リグ・ヴェーダ』といいます。紀元前一二〇〇年頃に成立しました。これは、神々への讃歌《さんか》を集成したもので、まとまった形で神話が提示されてはいません。これをおぎなうのが「ブラーフマナ」とよばれる文献です。ブラーフマナとは祭式の説明書で、『リグ・ヴェーダ』よりもはるかに遅れて成立しました。成立年代はおよそ紀元前一〇〇〇年から前五〇〇年頃と推定されます。

そのブラーフマナ文献に、次のような洪水《こうずい》神話が記されています。

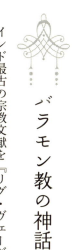

◆「マヌの洪水」

ある日の朝、人間の祖先のマヌという男が水を使っていると、一匹の魚が彼の手の中に入ってきました。その魚は、やがて洪水が起こって生き物たちを全滅《ぜんめつ》させるであろうと予言し、そのときにマヌを助けてやるから、自分を助けて飼ってくれるよう頼みました。マヌは言われた通りにして魚を飼いました。

その魚は大きくなり、マヌはそれを海に放ちました。その際、魚は洪水が起こる年を告げ、そのときには用意しておいた船に乗って自分から離れずについてくるように言い残しました。

果たして、魚が予告した年に洪水が起こりました。マヌが船に乗ると魚が近づいてきたので、マヌはその角《つの》に船をつなぎました。魚は北方の山(ヒマーラヤ)でマヌを降ろしました。マヌは魚に言われたように、水が引くにしたがって少しずつ下に降りました。洪水はすべての生き物たちをほろぼし、地上にマヌだけが残りました。

マヌは子孫を残すことを欲して苦行《くぎょう》をし、祭式を行ってギー(バターのようなもの)などの乳製品を水の中に供えました。一年経つとそこから一人の女が現れました。彼は彼女によって人類を生みました。

これとよく似た洪水の話は、メソポタミアの『ギルガメシュ叙事詩《じょじし》』にもあります（第2章四六頁参照）。オリエントからインド、ギリシアの洪水神話はすべて起源が同じです。

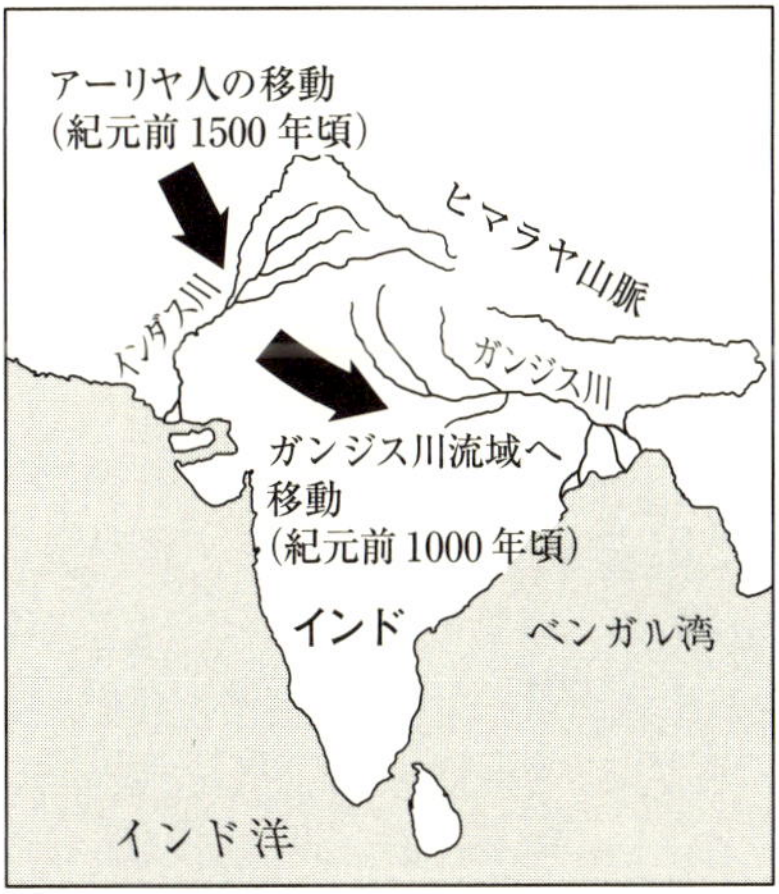

図1-1　古代インドにおけるアーリヤ人の移動

インドの場合、メソポタミアの洪水神話が元で、そこからインドの先住民に伝わり、のちにアーリヤ人（インド方面に移動してきたインド＝ヨーロッパ語族の人々）の神話にくみこまれました（図1-1）。また、メソポタミアから『旧約聖書』に影響がおよび、「ノアの箱船《はこぶね》」の話になり（第2章五六頁参照）、同じくメソポタミアからギリシアに伝わって「デウカリオンの洪水」の話になりました（第4章九五頁参照）。

次の話は、天女《てんにょ》と人間の男の恋物語で、世界中でよく知られている「天人女房型《てんにんにょうぼう》」とよばれるタイプの神話です。

◆「天女ウルヴァシー」

アプサラス(天女)のウルヴァシーは、人間の男プルーラヴァスを愛して結婚しました。結婚するとき彼女は、「あなたの裸身《らしん》を私に見せないでください」という条件を課しました。

やがて彼女は身ごもりました。するとガンダルヴァ(楽神《がくしん》)たちは彼女を自分たちのもとに連れ戻そうと考えて、彼女がかわいがっていた子羊をうばいました。続いて二匹目の子羊がうばわれようとしたとき、プルーラヴァスは妻のくやしがる声を聞いて、あわてて裸のままとび出しました。するとガンダルヴァたちがすかさず稲妻《いなずま》を光らせたので、ウルヴァシーは夫の裸身を見てしまい、それきり姿を消しました。

プルーラヴァスは深くなげき悲しみ、方々探し回っているうちに、とある蓮池《はすいけ》に出ました。その池で、アプサラスたちが水鳥の姿をして泳いでいました。そのなかにウルヴァシーもいました。

ウルヴァシーは仲間のすすめで彼の前に姿を現しました。プルーラヴァスは「行かないでくれ、話し合おう」と頼みましたが、妻の返事はつれないものでした。「あなたは約束を守らなかったのだから、私を引き止めることはできません」。

しかし彼が、自分は首をつって死んで狼《おおかみ》にでも喰《く》われてしまうと言うので、あわれに思って、一年後に会う約束をしました。

一年後、プルーラヴァスがそこに来て見ると、黄金の宮殿があり、その中にウルヴァシーがいました。彼女はこう言いました。「明朝、ガンダルヴァたちがあなたの願いを一つかなえるでしょう。そのとき、あなた方の仲間にいれてもらいたい、と言いなさい」。

教えられたとおりにして彼はウルヴァシーの産んだ彼の息子とともに、ガンダルヴァの仲間となりました。

妻が夫に「自分の姿を見ないように」という禁止を課す、いわゆる「見るなの禁」の話は世界中に多く見られますが、「自分に裸身を見せてはならない」という禁止を課す例はめずらしいといえるでしょう。

似た例として、『マハーバーラタ』という叙事詩に蛙女房《かえるにょうぼう》のスショーバナーの話があります。蛙のスショーバナーが人間の女の姿をしてパリクシットという王様のところに現れ、「私に水を見せないでください」と条件を課して彼と結婚しました。「見せるなの禁」という要素が共通しています。

ほかに、『マハーバーラタ』ではガンジス川の女神《めがみ》ガンガーが人間のシャンタヌ王と結婚しますが、そのときの約束は「私がどのようなことをしても決して不愉快《ふゆかい》な言葉をはかないこと」でした。

また、水の妖精《ようせい》の女と人間の男との異類婚姻譚《いるいこんいんたん》(異なる種族間での結婚の話)としては、ドイツ後期ロマン派の作家・フーケ(一七七七〜一八四三年)による『ウンディーネ』があります。そこでは、夫は「水上で妻をののしってはならない」という禁止を課せられています。ガンガーの場合とよく似ています。

次の話は、神々の「不死」の起源を語る神話です。意外にも神々は、はじめから不死であったわけではありませんでした。

◆「不死の飲料アムリタの起源」

神々とアスラ(悪魔《あくま》)たちとが争っていたとき、不死の飲料・アムリタは、シュシュナという名のアスラのもとにありました。

それをシュシュナは口の中に持っていました。神々の中で殺された者は、生き返ることはありませんでした。アスラたちの中で殺された者に、シュシュナはアムリタが含まれた息を吹きかけました。すると死者たちは息を吹き返しました。そこでインドラという神は、アムリタがシュシュナの口の中にあることを知りました。

インドラは蜜《みつ》のかたまりとなって道に横たわりました。それをシュシュナは大きく口を開いてのみこみました。インドラは鷲《わし》に変身して、シュシュナの口からアムリタを盗《ぬす》み出しました。こうして神々は不死の飲み物を手に入れました。

神とは、不死であることがその第一の特徴のように思われるのですが、インドの神々はそうではありませんでした。むしろ、神々と敵対する悪魔の一族であるアスラたちが、「不死」を独占していて、それを「盗む」ことによって、ようやく神々も不死となれたことになっています。

ヒンドゥー教の神話

紀元前六～前四世紀頃に（インドでは年代ははっきりとわからないのです）、ヴェーダを絶対の聖典とあおぐバラモン教が、土着の民間信仰などを吸収して大きく変貌《へんぼう》をとげたものを、ヒンドゥー教といいます。ヒンドゥー教には『マヌ法典』『マハーバーラタ』『ラーマーヤナ』、プラーナ文献など、膨大《ぼうだい》な量の聖典があります。

ヒンドゥー教ではヴィシュヌ、シヴァ、ブラフマーの三神が主神となり、インドラをはじめとするヴェーダの神々の地位は相対的に低くなりました。

後代になると、これら三神は究極的《きゅうきょくてき》には一つの最高原理であると考えられ、その最高原理がブラフマーとして世界を創造し、ヴィシュヌとして世界を維持《いじ》し、シヴァとして世界を破壊《はかい》するという、「トリムールティ」(三神一体)の説が述べられるようになりました。

それでは、ヒンドゥー教の主要な神話をみていきましょう。

◆「乳海攪拌《にゅうかいかくはん》神話」

あるとき、神々は不死の飲料アムリタを得たいと願いました。

そこでブラフマーとヴィシュヌは竜王《りゅうおう》アナンタに命じて海の中にマンダラ山を運ばせ、亀《かめ》の王アクーパーラの上に山を置いてそこを支点にして、大蛇《だいじゃ》ヴァースキ竜王をその山に巻きつけ、両端を神々とアスラとで引っ張って山をまわし、海を攪拌《かくはん》しはじめました(本章扉絵)。

海はかき混ぜられて乳《ちち》の海となり、そこから太陽と月、シュリー女神、酒の女神、白馬、宝珠《ほうじゅ》カウストゥバが生じました。最後にアムリタの入った白いつぼを持った神々の医師ダヌヴァンタリが、海から出現しました。アスラたちはアムリタを独占しようとくわだてました。しかし美女に変身したヴィシュヌが、アスラたちからアムリタをうばい返しました。

アスラたちは集結して神々におそいかかりました。その混乱の中で神々はヴィシュヌからアムリタを受け取って飲みました。

ラーフというアスラがいて、神に変装してアムリタを飲み始めました。アムリタがラーフののどまで達したとき、太陽と月がそれと気づいて神々に告げました。ヴィシュヌはラーフの巨大な頭を円盤《えんばん》で切り落としました。それ以来、ラーフは頭だけが不死となり、太陽と月をうらんで、今日にいたるまで日蝕《にっしょく》と月蝕《げっしょく》を引き起こします。

神々はアスラとの戦闘に勝利し、アムリタを安全な場所に隠し、その守護をインドラ神にゆだねました。

この神話は一種の創世《そうせい》神話、つまり、世界のはじまりを語る神話です。引き抜かれたマンダラ山は男性を、海は女性を象徴していて、山と海という壮大な世界規模の男女の交わりによって、世界が創《つく》られたとされています。

神々が最初「アムリタ」を持っておらず、したがって不死ではなかった、という話は、先に取り上げました、バラモン教の神話の「不死の飲料アムリタの起源」と同じアイデアを表現しています。やはり、インド神話において、神々ははじめから不死ではなかったのです。

次に紹介する神話も、インドで好んで語られてきた神話です。雷《かみなり》と戦《いくさ》の神インドラが苦心して怪物ヴリトラを退治する話です。

◆「ヴリトラの殺害」

創造神の一人、ものづくりの神トヴァシュトリはインドラを害するためにヴィシュヴァルーパという名の、三つの頭を持つ息子を造りました。ヴィシュヴァルーパは一つの口でヴェーダ聖典を学び、一つの口で酒をのみ、一つの口で全世界をのみこむかのようでした。

彼は激しい苦行を行ったので、インドラは彼が天空地の全世界をのみこむのではないかと恐れ、天女アプサラスたちに、彼を誘惑《ゆうわく》して苦行を妨害《ぼうがい》するように命じました。天女たちはヴィシュヴァルーパのもとに行き誘惑しようとしましたが、彼はまったく動じませんでした。

そこでインドラは、自らの手でヴィシュヴァルーパを殺す決意をし、金剛杵《こんごうしょ》ヴァジュラ（四九頁図2－2参照）を投じました。ヴィシュヴァルーパは地に倒れましたが、その身体は光りかがやき、まるで生きているかのようでした。

インドラは近くに樵《きこり》を見かけ、ヴィシュヴァルーパの頭を切り落とすよう命じました。樵はためらいながらもヴィシュヴァルーパの頭を切り落としました。三つの頭が切られたとき、山鳥と蝦蛄《しゃこ》と雀《すずめ》が、三つの頭のそれぞれから飛び立ちました。インドラは切り落とされた頭を持って、喜び勇《いさ》んで天界に戻りました。

ヴィシュヴァルーパの父トヴァシュトリは、インドラが息子を殺したことを知って怒り狂い、火の中に供物《くもつ》を投じて恐ろしい怪物ヴリトラを造り出し、「インドラを殺せ」と命じました。両者は激しく戦いました。ヴリトラはインドラをつかまえて口の中にのみこんでしまいました。するとインドラはヴリトラにあくびをさせて外に飛び出しました。それ以来、呼吸するものはあくびをするようになったといいます。

激しい戦闘はなおも続き、インドラはいったん退却しました。神々は集まってマンダラ山の頂《いただき》で相談した結果、そろってヴィシュヌ神に祈り、なんとかしてくれと頼みこみました。

するとヴィシュヌは次のように教えました。インドラはまずヴリトラと和平を結び、それから策略によってヴリトラを殺せというのです。神々は甘言《かんげん》を並べ立てて、ヴリトラとインドラの間に恒久的《こうきゅうてき》な平和条約を結びました。その際、ヴリトラは条件を出しました。「乾《かわ》いたもの、湿《しめ》ったもの、岩や木によっても、武器によっても、ヴァジュラによっても、昼も夜も、インドラと神々は私を殺してはならない」。神々はその条件を受け入れました。

インドラはそれらの隙間《すきま》をぬってヴリトラを殺す方法を考え続けていました。ある日の明け方（または黄昏《たそがれ》）に、彼はヴリトラが海岸にいるのを見て、かつて受けたヴィシュヌの予言を思い出しました。

「今は薄明時《はくめいじ》で、昼でも夜でもないから、彼を殺すことができる。今、策略を用いて彼を殺そう」

インドラがヴィシュヌ神を念じながらそう考えていると、海上に山のような泡《あわ》が現れました。「この泡は乾いてもいないし湿ってもいない」。そこで彼はその泡をヴリトラに投げつけました。ヴィシュヌがその泡に入りこみ、ヴリトラを殺しました。

この話にでてくる「ヴリトラ」とは、蛇《へび》、なかでもコブラの姿をした怪物です。したがってこ

図 1-2　原初の海に横たわるヴィシュヌ、寝台は竜王アナンタ、足元に妃シュリー・ラクシュミー（17世紀）

の神話は、蛇を退治する英雄神の話となっています。

ところで、蛇を退治する話には、単なる怪物退治以上の意味があります。蛇は、神話では原初の混沌《こんとん》を表わしています。その混沌である蛇を英雄神が退治して、これから秩序《ちつじょ》ある世界を作り上げていく。インドラのヴリトラ退治神話には、そのような神話的な意味が隠《かく》されています。

日本神話ではスサノヲ神が八つの頭、八つの尾を持つ蛇、ヤマタノヲロチを退治しますが、この話も同じように混沌から秩序へ、という意味を持っています。

次に、ヒンドゥー教の主神であるヴィシュヌ神とシヴァ神の神話をみていきましょう。まず、ヴィシュヌです（**図 1-2**）。

◆ヴィシュヌの神話

ヴィシュヌ神の主要な特徴は、「化身《けしん》」を持つことにあります。インドラやシヴァも化身を持つことがありますが、特によく知られ、かつ重要なのはやはりヴィシュヌの化身です。化身とはインドの古典語であるサンスクリット語で「アヴァターラ」といい、「降りてくる」という意味です。神が悪魔などに苦しめられる生き物たちを救うために、仮に人間や動物の姿を取って地上に降臨《こうりん》すること、あるいはそのようにして現れた化身を指します。

ヴィシュヌの化身の種類と数はさまざまに伝えられていますが、最も一般的には一〇種の化身が知られています。それらの化身を、一つずつ見ていくことにしましょう。

①猪《いのしし》　大昔、大地は水中に没《ぼっ》していました。そのとき、創造神ブラフマーの鼻の孔《あな》から親指ほどの小さな猪の子供が出てきました。その猪はまたたくまに巨大になり、水中に飛びこんで、その牙《きば》で大地をすくい上げました。

そのとき、悪魔のヒラニヤークシャが棍棒《こんぼう》を持って猪の姿のヴィシュヌにおそいかかりました。

図1–3 ヴィシュヌのアヴァターラ(化身)・猪(18世紀)

この悪魔は以前からヴィシュヌに敵意を持っていたのです。しかしヴィシュヌはあっさりとその悪魔を殺してしまいました(**図1–3**)。

②人獅子《ひとじし》(ヌリシンハ、ナラシンハ) ヴィシュヌに殺されたヒラニヤークシャには、ヒラニヤカシプという兄弟がいました。ヒラニヤカシプはヴィシュヌを兄弟の敵《かたき》としてうらみ、復讐《ふくしゅう》をちかいました。そのためにまず彼は、マンダラ山の山中で激しい苦行を行いました。それによって熱が生じ、世界を焼くほどになりました。

困った神々は創造神ブラフマーのもとに行き、相談しました。ブラフマーは、苦行をやめさせるかわりにヒラニヤカシプの望みを聞き届けることにしました。するとヒラニヤカシプは、次のような願望を述べました。

「創造神であるあなたが創りだしたあらゆる者たちに、私が殺されることのないように。またいかなる武器によっても、私が殺されることのないように。人間によっても、獣《けもの》によっても、神々やアスラや蛇たちによっても、殺されることのないように」

ブラフマーはそれらの望みをすべてかなえてやりました。

こうして無敵となった魔王《まおう》ヒラニヤカシプは、天空地の三界《さんがい》を征服《せいふく》して、インドラ神の宮殿から主《あるじ》を追い出して自分の住居にしてしまいました。

神々は、こんどはヴィシュヌのもとへ行って苦境を訴えました。ヴィシュヌは近い将来にヒラニヤカシプを退治することを約束しました。

図 1-4　ヴィシュヌのアヴァターラ・人獅子(18 世紀)

ところで、ヒラニヤカシプには四人の息子がいましたが、そのうちプラフラーダという子は徳高く、敬虔《けいけん》なヴィシュヌ信者でした。ヒラニヤカシプは息子のヴィシュヌ信仰を止《や》めさせるためさまざまに努力しましたが果たせなかったので、ついに自ら息子を殺そうとして、剣《つるぎ》をつかんで玉座《ぎょくざ》から立ち上がり、その拳《こぶし》で柱をたたきました。

するとその柱の内部から恐ろしい音響《おんきょう》が聞こえ、そこからヴィシュヌが出現しました。ヴィシュヌは、人間でも獣でもない姿、すなわち首から上は獅子《しし》で、首から下は人間の姿をしていました。この人獅子はヒラニヤカシプをつかまえて、するどいつめで引きさきました(図1-4)。

この話によく表われているのが、神々の序列です。ヒンドゥー教の神々には明らかな序列があるのです。まずインドラを先頭に、それ以下の神々がいます。インドラの上にブラフマー、さらにその上にヴィシュヌとシヴァです。

インドラをはじめとする神々は、困ったことがあるとまずブラフマーに相談に行きます。するとブラフマーは神々を連れてヴィシュヌかシヴァのところに行きます。そしてこの二人の神のどちらか、あるいは両方が方策を授ける、という物語展開が多いのも、インド神話の特徴です。神々の神頼み、ですね。

③亀　先に紹介した乳海攪拌神話でマンダラ山の支点となった亀、これはもともとはアクーパーラという名の年経《としへ》た亀でした。しかし後にこの役割を果たした亀は、じつはヴィシュヌ神の

化身であった、とされるようになります。

④小人　全世界がバリというアスラに支配されたとき、ヴィシュヌは小人の姿をしてバリが祭式を行っている所に行きました。小人はバリに言いました。

「すべてはあなたの支配下にあります。王さま、私に、三歩でおおうことのできるだけの場所を下さい」

図1-5　ヴィシュヌのアヴァターラ・小人（18世紀）

バリは彼をただの小人だと考え、この謙虚《けんきょ》な申し出を非常に喜び、「与えよう」と言いました。

すると小人は天と大気《たいき》圏《けん》と大地、すなわち全宇宙を三歩で歩みました。こうしてヴィシュヌはアスラから王権と三界を取り戻し、アスラたちを親族ともども地底に追いやりました。ヴィシュヌは王権をインドラに与え、支配をゆだねました（**図1-5**）。

図1–6　ヴィシュヌのアヴァターラ・魚（18世紀）

この小人の化身の神話は、ヴィシュヌの古い特徴に基づいています。ヴィシュヌは『リグ・ヴェーダ』で「三歩を歩む」という不思議な特徴を持つといわれています。これが何を意味するのかはよくわかっていません。太陽の動きと関連があるかもしれませんが、それもはっきりしません。その「三歩を歩む」という特徴を引きついでいるのが、この小人の化身なのです。

⑤魚　先に紹介した、マヌの洪水の話に出てくる魚、その魚が後にヴィシュヌの化身の一つと考えられるようになりました（**図1–6**）。

⑥ラーマ　インド二大叙事詩の一つ、『ラーマーヤナ』の主人公ラーマです。ヴィシュヌが英雄ラーマとして地上に生まれ、羅刹王《らせつおう》ラーヴァナと戦い、誘拐《ゆうかい》された妻シーターを取り戻しました（**図1–7**）。

⑦ **パラシュラーマ**（「斧《おの》を持つラーマ」） 聖仙《せいせん》ジャマドアグニの息子パラシュラーマとして現れて、父の敵であるクシャトリヤ（王族）を斧で二一回にわたって全滅《ぜんめつ》させました。

図 1-7　ラーマ、羅刹のラーヴァナを退治する（18 世紀）

⑧ **クリシュナ**　インド二大叙事詩の一つ、『マハーバーラタ』に登場する英雄クリシュナです。『マハーバーラタ』の主役の兄弟であるパーンダヴァ五王子のよき助言者、参謀役《さんぼうやく》として活躍しました。知略があり、権謀術《けんぼうじゅつ》数《すう》に長《た》けていて、クル族との戦争において奇想天外《きそうてんがい》な策略を案出してパーンダヴァを勝利に導きました。

⑨**ブッダ（仏陀）**　仏教の開祖《かいそ》です。仏陀がヒンドゥー教の最高神の化身に数えられるのは不思議なことのように思われるかもしれません。さまざまに見解が出されていますが、悪魔たちにヒンドゥー教とは異なる「誤《あやま》った信仰」を広め、ヴェーダに基づく信仰を捨てさせるためとも解釈されます。

⑩**カルキ**　カルキは、未来に現れることになっている化身です。このカルキを説明するために、まずヒンドゥー教の世界観を説明する必要があります。

ヒンドゥー教の世界観には、ユガという非常にスケールの大きい時代区分があります。ユガは四つあり、クリタ・ユガ、トレーター・ユガ、ドゥヴァーパラ・ユガ、カリ・ユガといいます。最初のクリタ・ユガが最も良い黄金時代で、第四のカリ・ユガが最も劣悪《れつあく》な暗黒時代です。

なお現在はカリ・ユガに属するとされます。カリ・ユガの終わりに世界はほろび、そしてまた新たな世界が創られ、クリタ・ユガが始まります。終わりと始まりをぐるぐると円を描くようにくり返す、円環的《えんかんてき》な世界観です。

さて、遠い未来、カリ・ユガの終わりごろ、人々が悪い道徳にしたがうとき、ヴィシュヌはカルキという名の男の姿を取って現れます。カルキはシャンバラ村のあるバラモン（司祭階級）の家に生まれることになっています。彼は神々から授かった駿馬《しゅんめ》に乗り、剣を持って邪悪《じゃあく》な連中を成敗します（図1−8）。すべての悪党が殺されたとき、人々の心は清らかになり、クリタ・ユガが再び始まります。

古代インド人の考えた世界観は壮大なものでした。四つのユガは合わせて大ユガ（マハーユガ）とよばれ、その長さは四三二万年とされています。一〇〇〇の大ユガをカルパといい、これがブラフマー神の一日とされます。

図1−8　ヴィシュヌのアヴァターラ・カルキ（18世紀）

次にヒンドゥー教のもう一人の最高神、シヴァの神話をみていきましょう。その特徴は、「生・性と死・殺害」です。

シヴァは生と死をつかさどります。時が来ると世界を破壊する恐ろしい神である一方で、生殖《せいしょく》をつかさどる神でもあります。したがって、神話において、おだやかな側面と、荒《あら》ぶる恐ろしい側面の両方を表わします。次の神話は、シヴァとその妃《きさき》パールヴァティーの、美しい恋の神話です。

◆シヴァの神話

「シヴァとパールヴァティーの結婚」

あるとき、ターラカという名の強力なアスラがいて、神々をなやませていました。ターラカはブラフマーの恩寵《おんちょう》により戦いにおいて無敵となっていたのです。

唯一彼を倒せるのは、まだ生まれていないシヴァの息子のみであるということでした。つまり、シヴァに息子をつくらせる必要がありました。ブラフマーは、山の王ヒマーラヤ(ヒマラヤ山)の娘パールヴァティーを、シヴァの妻と定めました(図1-9)。

シヴァとパールヴァティーを結びつけるため、インドラは愛神カーマを派遣《はけん》しました。カーマは妻のラティと友である春の神ヴァサンタをともなって、シヴァが苦行をしている場所に出かけました。カーマが現れたので、辺りの木々は芽吹き、森の生物たちは恋に目ざめ、時ならぬ春の季節が訪れました。カーマは、パールヴァティーがシヴァのそばにいるときをねらって、その花の矢「サンモーハナ」を弓につがえました。

シヴァは少しばかり動揺《どうよう》してパールヴァティーの顔に視線を向けました。パールヴァティーの心もゆれ動きました。ところがシヴァは、自分の心を乱したカーマに対して怒りを発し、そのひたいにある第三の眼から火を噴出《ふんしゅつ》させて、カーマを灰《はい》にしてしまいました。妻のラティは気絶しました。

シヴァは女性のそばにいることは無益であると考えて、姿を隠しました。パールヴァティーはうなだれて家に帰り

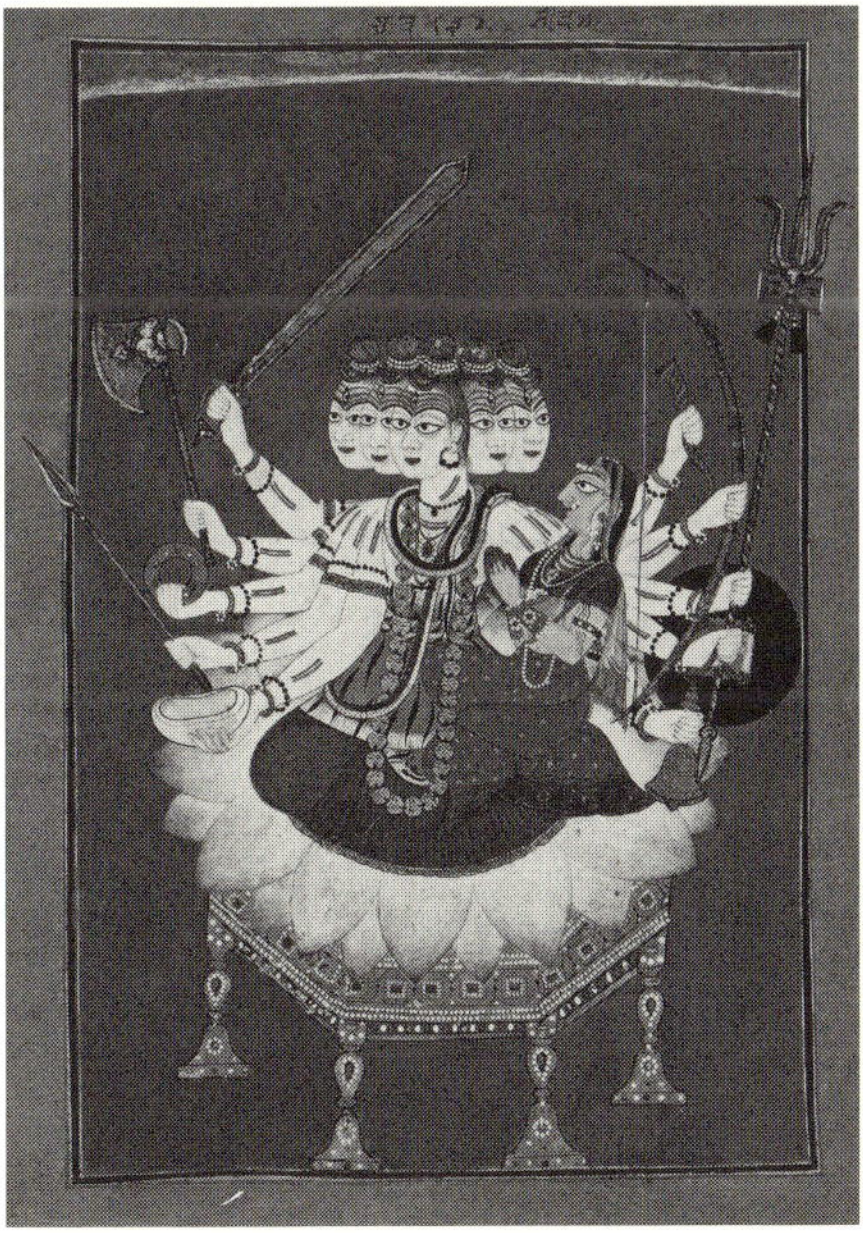

図 1–9　シヴァとパールヴァティー。シヴァの手には三叉の矛など(17 世紀)

ました。

　カーマの妻ラティは意識を取り戻し、長い間なげき悲しんでいましたが、やがて友のヴァサンタを呼んで、自分を燃やす火葬《かそう》の準備をさせ、火の中に身を投じて夫の後を追おうとしました。するとそのとき、空から声が聞こえて、シヴァがパールヴァティーと結婚したあかつきには、カーマは再び姿を取り戻して、ラティはまた夫と再会できるであろうと告げました。

　一方、パールヴァティーはシヴァの愛を得ようと、ヒマーラヤ山脈の一つの山で、さまざまな苦行に身をゆだねていました。夏に火の中に座り太陽を凝視《ぎょうし》したり、冬に水中に立って夜を過ごしたりして、そのきゃしゃな身体を日夜責《せ》めさいなみました。

　ある日、シヴァは苦行者に姿を変えてそこにやって来ました。パールヴァティーはシヴァとは知らずにその苦行者をもてなしました。その男は、彼女がシヴァのために苦行をしているのを知ると、シヴァの悪口をならべたて、望みを捨てさせようとしました。パールヴァティーは怒ってその悪口に反論し、シヴァがいかに偉大であるかを切々《せつせつ》と説き、その場を去ろうとしました。

　するとシヴァは本来の姿に戻り、ほほえみながら彼女を引き止めたのです。

「パールヴァティーよ、今日から私はあなたの僕《しもべ》だ」

シヴァの言葉を聞いた瞬間に、パールヴァティーは苦行のつかれをすっかり忘れました。こうしてパールヴァティーとシヴァはめでたく結婚しました。

二人の間にできたスカンダという名の息子が、やがて軍神として活躍し、悪魔を退治しました（スカンダは、仏教を通じて日本に入ってきて、韋駄天《いだてん》とよばれています）。

カーマは生まれ変わり、妻と再会しました。

シヴァは山に住んで苦行を行い、山の神の娘と結婚する、山と縁が深い神です。パールヴァティーの名は「山の娘」という意味なのです。一方、ヴィシュヌのほうは、原初の海に横たわる姿に象徴《しょうちょう》されるように、水と関連の深い神です。ヴィシュヌの妃シュリー女神も、水と深いかかわりを持ちます。山のシヴァとパールヴァティー、海のヴィシュヌとシュリー、ととらえることができるでしょう。

ところで、シヴァの第三の眼は、妻のウマー（パールヴァティーの別名）のたわむれから生じたと伝えられています。ある日、彼女はたわむれに突然シヴァの両目をふさぎました。すると世界は真っ暗闇《くらやみ》におちいり、人々は恐怖におののき、一切の生命は消滅《しょうめつ》したかのようになりました。そこで世界を救うために、シヴァのひたいの上に第三の眼がひらめき出たのだといいます。シヴァの眼は太陽のように輝くと言われ、また太陽と月と火が彼の三眼《さんがん》であるといいます。

次に、シヴァの「恐るべき神」としての側面をみてみましょう。

「ダクシャの供儀《くぎ》」

クリタ・ユガの終わりに、神々は規定にしたがって祭式の準備をしていました。そのとき、創造神の一人ダクシャは、獣を犠牲《ぎせい》としてささげる儀式《ぎしき》を準備し、ヒマーラヤ山の頂の、そこからガンジス川が地上に落下しようとする地点でその祭式を行いました。神々は自分たちだけで祭式の供物を分けましたが、彼らはシヴァをよく知らなかったので彼を祭式に呼ぶこともしませんでしたし、分け前を与えることもしませんでした。

シヴァは激怒して弓を持って祭式が行われた場所におもむきました。その荒ぶる神の様子に、山々は鳴動《めいどう》し、風は止まり、火は燃えなくなり、星は姿を消し、太陽も月も暗くなり、暗闇があたりをおおいました。シヴァは祭式の真ん中を矢で射ました。すると「祭式」は牡鹿《おじか》の姿に変身して、火の神アグニとともに天界に逃れました。

シヴァは激怒のあまりサヴィトリ神(太陽神の一)の両腕をくじき、プーシャン神(やはり太陽神の一)の歯を折り、バガ神(祭式における「分け前」の神)の両目をえぐり出しました。

神々はあわてて祭式の準備をそのまま置き去りにして逃れ去りました。シヴァはそれを見てあざ笑いました。しかしシヴァの弓は、神々の呪《のろ》いによって、さけてしまいました。

その後神々はシヴァ神をさがし求め、彼をなだめました。シヴァは怒りを和らげ、弓を海に投じ、バガには両目を、サヴィトリには両腕を、プーシャンには歯を回復してやりました。それ以後、彼は祭式の分け前を受け取ることができたといいます。


シヴァ神の粗雑《そざつ》で凶暴《きょうぼう》な側面が表われている神話です。シヴァは元来アーリヤ人の神ではなく、山岳地帯のインド先住民の間で崇拝《すうはい》されていた神であると考えられています。シヴァがダクシャの祭式に呼ばれなかったという話も、シヴァがアーリヤの神々とは異なる神であったことを裏付けています。

生殖《せいしょく》の神としてのシヴァ

シヴァは恐るべき破壊の神である一方で、生殖の神として民衆の間で広く信仰されています。彼のシンボルはリンガとよばれる男性の生殖器です。多くの伝承《でんしょう》の中で、シヴァに対して子授《こさず》けが祈願されます。

◆女神信仰

また、ヒンドゥー教の特徴として、女神が大きな力を持つことがあげられます。次に紹介するのはドゥルガーという美しい戦女神《いくさめがみ》の戦いの神話です。ほかに、カーリーというみにくく恐ろしい姿をした女神もいて、現代でも崇拝《すうはい》されています(図1-10)。

「戦う女神ドゥルガー」

かつてマヒシャがアスラたちの王で、インドラが神々の王であったとき、神々と悪魔の間に一〇〇年にわたる戦いがありました。

神々の軍はアスラに征服され、アスラのマヒシャが世界の王となりました。敗北した神々はブラフマーを先頭にして、シヴァとヴィシュヌのもとへ行き、マヒシャの暴挙について語りました。

「太陽神、インドラ、火神、風神、月神、死神ヤマと司法神ヴァルナの、そして他の神々の権限を、彼が一人で掌中《しょうちゅう》に収めています。邪悪《じゃあく》なマヒシャによって神々は天界から追放され、死すべき人間のように地上をさまよっています。どうか我々を助けてください。彼を退治してください」

神々の言葉を聞くと、ヴィシュヌとシヴァ

図 1–10 おそるべき女神、カーリー(『デーヴィーマーハートミャ』の挿し絵)

は眉《まゆ》をひそめ顔をしかめて怒りを発しました。するとそのときヴィシュヌの顔から、巨大な熱光が飛び出しました。ブラフマーとシヴァの顔からも、熱光が現れました。インドラをはじめとする他の神々の身体からも、熱光が飛び出しました。それはやがて一つにまとまり、四方に輝く、燃える山のような素晴らしい熱光のかたまりになり、そこから三界を光で輝かせる一柱《ひとはしら》の女神が生じました。この女神がドゥルガーです。

神々は大いに喜び、勝利を望んで、ドゥルガーに自分たちの武器を与え、万歳《ばんざい》、万歳と高らかにさけびました。シヴァは自身の持つ三叉《さんさ》の矛《ほこ》から分身を作るようにして三叉の矛を引き出して彼女に与えました。クリシュナは円盤を、ヴァルナは法螺貝《ほらがい》を、火神は槍《やり》を、風神は弓と、矢で満たされた二つのえびら(矢を入れて背負う道具)を、インドラはヴァジュラを、ヤマは杖《つえ》を、水の主は縄索《じょうさく》(なわ)を、海は衣服とさまざまな装飾品を、ヴィシュヴァカルマンは斧と種々の武器、貫《つらぬ》かれることのない鎧《よろい》を与えました。

女神はまた他の神々からも装飾品や武器によって称《たた》えられ、高らかに哄笑《こうしょう》しました。

女神はアスラの無数の軍勢を殺りくしました。軍勢が壊滅《かいめつ》させられると、アスラ王マヒシャは水牛の姿になって女神と戦いました(**図1-11**)。

女神は彼に縄を投げ、しばりました。するとマヒシャは水牛の姿を捨てて獅子《しし》となりました。女神がその頭を切り落とそうとすると、マヒシャは剣を持った男の姿になりました。女神はその男を矢で切断しました。するとマヒシャは巨大な象《ぞう》となりました。女神は象の鼻を剣で切りました。マヒシャは再び水牛の姿に戻りました。女神はマヒシャの上に乗り、足でふみつけ、首を矛で打ちました。

こうしてマヒシャはほろびました。神々はこの上ない喜びにわきました。

図 1-11　美しい戦女神、ドゥルガー。水牛の姿のアスラのマヒシャを退治する（18 世紀）

この神話の背景には、ヒンドゥー教のシャクティ思想があります。シャクティとはサンスクリット語の名詞です。サンスクリット語の名詞には男性、中性、女性の三種の性があるのですが、

シャクティは女性名詞で、「力」という意味です。宇宙の一切はこのシャクティの仮のあらわれとされます。

この神話ではシャクティがヒンドゥー教の三大主神をも超えた最高原理とみなされているため、そのあらわれである女神ドゥルガーは、アスラとの戦いにおいて男神たちをはるかにしのぐ圧倒的な力の持ち主として描かれているのです。

2
メソポタミアとその周辺の神話

二輪馬車に乗るアッシリアの王、上部に楔形文字

メソポタミアの神話

メソポタミア文明は、ティグリス川とユーフラテス川流域に栄えた古代文明です(図2―1)。紀元前三〇〇〇年、人種的にも言語的にも系統不明のシュメール人が楔形《くさびがた》文字を考案し、シュメール語を粘土板《ねんどばん》に表記し、神話を残しました。

紀元前二〇〇〇年代後半から、アッカド語を話すセム系民族がメソポタミアで勢力を増し、楔形文字と多くの文化をシュメールから吸収しました。セム系民族は、メソポタミア南部にバビロニアを、北部にアッシリアを築き、紀元前一〇〇〇年まで盛衰《せいすい》をくり返しました。

◆「エヌマ＝エリシュ」

バビロニアに伝わる神話に、「エヌマ＝エリシュ」があります。

「エヌマ＝エリシュ」という言葉からはじまるこの神話は、バビロニアの創世《そうせい》神話です。創世

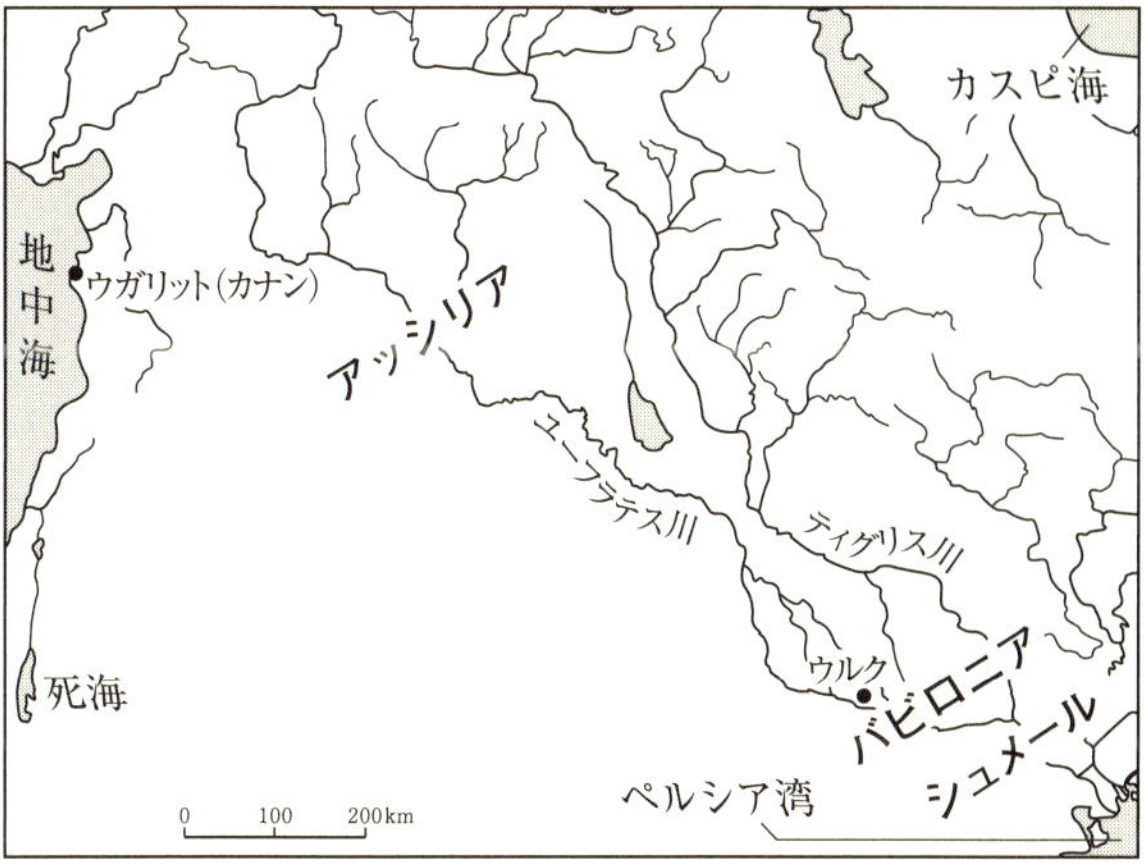

図 2-1 古代メソポタミア周辺地図(中田一郎著、岩波ジュニア新書『メソポタミア文明入門』より改変)

神話というのは、世を創ると書かれてあるとおり、世界がどのようにして創られたのかを語る神話です。

バビロニアでは、世界のはじめのときには、真水の男神《おとこがみ》アプスーと海水の女神《めがみ》ティアマトだけがあった、と語られています。話はこのように続きます。

アプスーとティアマトはおたがいの水を混ぜて神々を生みました。若い神々は騒々しく、アプスーの機嫌《きげん》をそこねました。アプスーはティアマトの反対にもかかわらず、若い神々をほろぼそうとしました。しかしこの両神の子孫であるエア神がアプスーのたくらみを見抜き、アプスーを呪文によって眠らせて殺害しました。エアから男神マルドゥクが生まれました。

愛する夫アプスーを殺されたティアマトは、多くの神々を味方につけ、一一の怪物を創造して復讐《ふくしゅう》の準備をはじめていました。ティアマトの敵意に神々はおじけづき、マルドゥクにティアマトと戦うことを頼みました。マルドゥクは自分が最高神となることを条件に承諾《しょうだく》しました。

武装したマルドゥクは、風を味方につけてティアマトと戦いました。彼はティアマトの体内に風を送りこみ、ふくれあがったティアマトに矢を放って身体をさきました。マルドゥクは殺害したティアマトの身体を二つに切りさき、一つを天に、もう一つを大地にしました。

さらにマルドゥクは神々の職能や天体の運行などを定めました。これにより六〇〇の神々のうち、三〇〇は天の神、三〇〇は地の神と定まりました。またティアマトの将軍であったキングをとらえ、その血から人間を創造し、神々につかえさせることにしました。


こうして、原初の女神ティアマトは、新しい世代の男神マルドゥクに殺害され、その身体の各部分が世界の構成要素になりました。このようなタイプの神話を、「世界巨人型」創世神話といいます。原初のときに巨人などがいて、この巨人が殺害され、その身体から世界の構成要素が創られたとする神話です。中国では盤古《ばんこ》、インドではプルシャ、北欧《ほくおう》ゲルマンではユミルの神話が、同じタイプの神話として語られています。

またこの神話は、古い女神信仰が、新しい男神の信仰へと移行したことを示す話であるともされています。人類は旧石器時代の古くから、女神を信仰していましたが、鉄器時代に入るころに、男神への信仰へととってかわられた、あるいは移行しました。マルドゥクによる女神ティアマトの殺害は、そのような人類の信仰の変遷《へんせん》の痕跡《こんせき》なのかもしれません。

◈「イナンナの冥界降《めいかいくだ》り」

次に紹介する神話は、たいへん古い話です。メソポタミアの最古層の文明であるシュメールの話で、イナンナという豊穣《ほうじょう》の女神が死者の世界に降っていくという話です。イナンナは、後にセム系のアッカド語でイシュタルとよばれるようになった女神です。

あるとき女神イナンナは、豪華な宝石と衣裳《いしょう》を身にまとって冥界へと降りて行きました。冥界の七つの門をくぐるごとに一つずつ宝石や衣裳をうばわれて全裸《ぜんら》になったイナンナは、冥界の女神で彼女の姉である、エレシュキガルの前に連れて来られました。

エレシュキガルはイナンナに死の眼を向けました。豊穣の女神が死の世界にとらわれたため、地上には異変が起こり、動物にも人間にも子供が生まれなくなりました。

水の神エンキがイナンナの死体をエレシュキガルから取り戻させ、その死体に生命の草と生命の水をかけさせました。イナンナは生き返りましたが、彼女が冥界から出るには一人の代理人を冥界に送らなければなりませんでした。

その代理人をつかまえるために、ガラとよばれる霊《れい》たちが冥界からイナンナについて来ました。イナンナは、自分のために喪《も》に服していなかったという理由で、夫のドゥムジを霊たちに渡しました。ドゥムジは半年の間冥界で過ごすことになりました。


イナンナは冥界で衣裳や装飾品をうばわれるたびに、自分の力を失っていったのです。死の女神の前に出たときにはほとんど無力な状態でした。地上の豊穣の女神が、地下の死の女神に敗北した話として読むことができるでしょう。

ドゥムジは半年間冥界にとらわれることになりましたが、残りの半年は、ドゥムジの優しい姉のゲシュティンアンナがかわりに冥界に降ります。ドゥムジは、死と再生を年毎《としごと》にくり返す植物(作物)の神です。収穫の秋に死んで冥界に行き、また春によみがえります。

このような植物の神の「死と再生」のサイクルの神話は、オリエントからギリシアを中心に広く分布しています。たとえばバビロニア神話ではタンムズという名で、ギリシア神話ではアドニスという名の美少年として現れます。

◈『ギルガメシュ叙事詩』

神話の大きなジャンルの一つに叙事詩《じょじし》(英雄の功績などをうたいあげた詩)があります。神々と、半神《はんしん》ともよばれる英雄たちが相互に関係を持ちながら物語を進行させていきます。

ギリシアの叙事詩としてはホメロスの『イリアス』と『オデュッセイア』があり、インドの叙事詩としては『マハーバーラタ』と『ラーマーヤナ』があります。メソポタミアには、世界最古の叙事詩とされる『ギルガメシュ叙事詩』があります。ギルガメシュという半神の王の、冒険物語です。

ギルガメシュは、三分の一は人間、三分の二は神で、ウルク国の横暴な王でした。母神アルルが、ギルガメシュと競わせるために野人エンキドゥを粘土《ねんど》から造りました。両者は戦いののちに親友となりました。彼らは杉《すぎ》の森の番人である怪獣フワワをたおしました。

その後、女神イシュタルがギルガメシュを誘惑《ゆうわく》しますが、彼はこれを拒絶し、彼女の過去の恋人たちがどんな末路《まつろ》をたどったかをあげつらいました。激怒したイシュタルは、父神アヌと母神アントゥムにうったえ、ギルガメシュをほろぼすために「天の牛」を造って地上におろしました。

ギルガメシュとエンキドゥはこの「天の牛」を殺してしまいました。その罰《ばつ》として神々は、エンキドゥに死の運命を定めました。エンキドゥは病んで死の床《とこ》につきました。ギルガメシュは親友の死をなげき、自らもやがて死ぬことを恐れ、永遠の命を得たという賢者《けんじゃ》ウトナピシュティムのもとへ旅立ちました。

彼は多くの苦難の末にウトナピシュティムとその妻のもとにたどり着きました。ウトナピシュティムは過去に起こった大洪水《こうずい》の話をし、永遠の命ではなく若返りの効用がある草のありかを教えました。ギルガメシュはウルクへの帰途《きと》、泉で水浴びをしている間に、苦労して取ったその草を蛇《へび》に食べられてしまいました。

この話の最後に、蛇が出てきます。ギルガメシュの「若返りの草」を取って食べてしまった蛇です。これは、蛇の脱皮《だっぴ》と関係があります。つまり、若返りの草とは、それを食べると脱皮して若返ることができるという効用のある草だったのです。それを蛇が食べた。だから蛇は脱皮して、いつまでも若く長生きすることができるとされ、人間はその草を蛇に食べられてしまったから、脱皮ができない。老いて、死なねばならないのです。

これとたいへんよく似た話が、沖縄《おきなわ》の宮古島《みやこじま》にあります。昔、太陽と月が人間に長寿《ちょうじゅ》を与えようと、「若返りの水」と「死に水」を使者に持たせた。ところが使者が休憩したすきに、蛇が「若返りの水」を浴びてしまった。しかたなく使者は「死に水」を人間に浴びせて天に帰った。このときから蛇は脱皮をして若返ることができ、人間は脱皮ができないので死ななければならなくなった、という話です。

脱皮をめぐる死の起源のモチーフは、他にインドシナやインドネシア、メラネシア、ポリネシア、南米などにも分布しています。蛇の脱皮という現象が、人間にとっていかに印象的であったかがわかります。

さて、この『ギルガメシュ叙事詩』のなかに、洪水神話がでてきます。ギルガメシュが訪ねていった先で、ウトナピシュティムが語った、次のような話です。

神々は嵐《あらし》の神エンリルの提案にしたがい、大洪水を起こして数の増えすぎた人間をほろぼすことにしました。情け深いエア神は、賢者《けんじゃ》であったウトナピシュティムにひそかにそのことを知らせ、船を造って洪水を逃れるように教えました。ウトナピシュティムは大きな箱《はこ》の形をした船を造り、その中にすべての生き物の雄《おす》と雌《めす》を入れ、自分も家族と一緒に乗りこみ、船の入り口をかたくふさぎました。

その次の日から六日と六晩の間、大洪水が地上をおそいました。箱船《はこぶね》はニシルという山の上に止まりました。ウトナピシュティムは、まず鳩《はと》を船から放しましたが、地上のどこにも休む場所を見つけられなかったので船に戻ってきました。しばらく後、燕《つばめ》を放しましたが、燕も戻ってきました。またしばらくして、烏《からす》を放しました。烏は飛んでいった先で水の引いた地面に食べ物を見つけ、帰ってきませんでした。

洪水がすっかり引いたことを知ったウトナピシュティムは、生き物たちを放し、家族と共に箱船から出て、香《こう》をたいて神々に感謝の祈りをささげました。

この大洪水の話は、『旧約聖書』の「ノアの箱船」の話とそっくりです。そのことについては、本章の最後で取り上げることにしましょう。ほかに、ギリシアやインドにも大洪水の話がありま す。ギリシアでは「デウカリオンの洪水」(第4章九五頁参照)、インドでは「マヌの洪水」(第1章四頁参照)です。どちらも、起源は『ギルガメシュ叙事詩』にあるとされています。

◆ウガリット

ウガリット、聖書でカナンとよばれている地域は、いまのシリアとパレスチナのあたりです(三九頁図2-1参照)。一九二九年にラス・シャムラというところで楔形文字がきざまれた粘土板が出土し、これによって紀元前一四世紀のウガリット神話を知ることができるようになりました。

重要な神としては、エルとバアルがいます。エルは神々の父、最高神です。ただ、神話における活動はそれほど活発ではありません。エルの息子がバアルで、豊穣の神です。

バアルは嵐と雷鳴《らいめい》の中で活躍し、その武器は雷光《らいこう》です。彼は混沌《こんとん》を象徴する海に対し勝利を収め、世界の秩序《ちつじょ》を確立しました。彼はまた、ロタンという名の「曲がりくねった蛇」「七つ頭のとぐろを巻くもの」、つまり多頭の竜《りゅう》を壊滅《かいめつ》させたとされます。

バアルは雷雨の神であると同時に豊穣の神でもあります。彼は雨を降らせることによって土地を肥沃《ひよく》にし、大地に豊穣を授けるのです。彼はまた、自らがその生育を促進する植物とも同一視されます。シュメールのドゥムジ、バビロニアのタンムズなどのように、バアルもまた死んではよみがえる穀物の神なのです。

ウガリットでは季節が日本と反対で、冬に植物が育ちますが、夏になると死と不毛の神モトが優位に立ち、その熱によって植物はしおれ、枯《か》れてしまいます。

図2-2　ヴァジュラ（写真：123RF）

コラム　武器としての雷

バアルは雷を武器としていますが、同じように雷を武器とする神は、世界の他の地域にもいます。

インドではインドラ神が雷の象徴であるヴァジュラ（金剛杵《こんごうしょ》、図2-2）を持っています。北欧神話ではトールという戦神が雷神でもあり、ミョルニルというハンマーを得意の武器としているのですが、このミョルニルが雷です。ギリシアではゼウスが雷の神です。

稲妻《いなずま》の光りかたが、雷神の武器を想像させたのでしょう。

次に紹介するのはバアルとその宿敵モトの神話です。バアルは死んでしまいますが、よみがえります。

◆「バアルとモトの闘争」

モトがバアルに言いました。

「お前は原初の蛇、曲がりくねった、七つ頭のとぐろを巻く蛇ロタンを打ちくだいた。しかし今お前は冥界へと降っていく」

バアルの死を知った父神エルは、自らの玉座《ぎょくざ》から降り、悲しみにくれました。バアルの妹で妻でもある女神アナトは、バアルを探して地上をさまよいました。バアルがどこにも見つからないとわかると、彼女はモトを攻撃しました。

モトをつかまえると、まず刀で二つにさき、シャベルで彼を吹き飛ばし、火で焼いて、石臼《いしうす》で彼をひいて、彼の灰をまき散らします。そうすると、それを鳥が食べ、残った肉片は野生の動物がのみこみました。

すると、バアルがよみがえりました。しかしバアルとモトの戦いは終わりません。モトは最終的に再び現れ、バアルと戦うことになります。

バアルとモトの戦いは季節的な意味を持ち、周期的にくり返される冬と夏の交替《こうたい》を表わしています。したがって、この戦いは永遠にくり返されるのです。

パレスチナの神話

不毛の荒地、パレスチナ。唯一の神をあがめるユダヤ人は、その地に最初の足跡《そくせき》を残しました。

◆『旧約聖書』の「創世記」

ユダヤ教の聖典『旧約聖書』は、一神教の世界に基づいています。メソポタミアやウガリット、そして世界のほとんどの地域と根本的に違うのがまさにその点で、神は唯一絶対の男神です。したがって、世界創造という大仕事も、この神がたった一人で行ったことになっています。その物語が「創世記」に記されています。

図2–3　太陽と月の創造(ミケランジェロ画、1511年)

天地創造

「創世記」では、神の「ことば」によって世界が創られていきます。はじめに混沌《こんとん》があり、神が「光あれ」と言うと光があった、と始まります。次に採られるのは「分割」の手法です。

神は光と闇《やみ》を「分け」、光を昼、闇を夜とよびました。これが、最初の日です。次に神は、大空と、大地と海、草木、太陽と月と星、水の生き物と鳥、家畜《かちく》、地の獣《けもの》を創造し、最後に、人間を創りました。自分の姿に似せて、男と女を同時に創った、とされています(図2–3)。

ところが『旧約聖書』は人間の創造に関してもう一つ異なる伝承を記しています。そこでは、神は土から人間を創り、最初の人間は男でした。神は男アダムを東のほうに創ったエデンの園《その》に置きました。園の中央には、命の木と善悪の知識の木を生えさせました。神は男にふさわしい助け手が必要であると考え、男を眠りにつかせ、その肋骨《ろっこつ》を一本取って、そこから女を創りました。つまり、ある伝承では神は男女を同時に創りました。しかし別の伝承では、神は先に男を創り、あとから女を創った、とあるのです。
後者の場合、女性の男性に対する立場が極めて低くなっています。男は神に似せて創られ、女はその男の肋骨から創られた。したがって神により近いのは男のほうであり、女は男より神からへだたっている。そのような思考を見てとることができるのです。これは後のキリスト教社会の男女不平等の問題にもつながっていきます。

蛇の誘惑《ゆうわく》

女性の地位の低さについては、これに続く「蛇の誘惑」の話も同じです(図2-4)。

蛇は神が創造した野の動物の中でいちばん狡猾《こうかつ》でした。蛇はエデンの園の中央にある善悪の知識の木の実を食べるよう女をそそのかしました。それは食べても触れてもいけないと禁じられていた木の実でした。

女はその実を取って食べ、アダムにも渡しました。神はただちにそのことを知り、神の怒りにより、二人はエデンの園から追放されました。この上は、同じく食べることを禁じられていた命の木の実をも食べてしまい、永遠に生きる者とならないように、と。
アダムは女をエバ(命)と名付けました。

さて、この誘惑の蛇は、さまざまな絵画に描かれています。その中には、蛇と女がほとんど一心同体のように表現されているものもあります。そのように、蛇と女は、たいへん近いものなのです。

図 2–4　楽園の追放。左にアダムとエバ、右に蛇(ミケランジェロ画、1509 年)

それというのも、蛇はもともと、女神でした。旧石器時代以来、蛇は女神と一体だったのです。それはよいものでも悪いものでもなく、そのような価値判断を離れた聖なるものでした。その蛇信仰が女神信仰とともに否定された結果、誘惑の蛇は女と一体となって、原罪、すなわち神との約束をやぶった人類の最初の罪を背負わされることになったのでしょう。

人間の罪は、まず女、エバによっておかされ、次には、アダムとエバの息子、カインがそれをくり返すことになります。

カインとアベル

アダムとエバの間にカインとアベルという兄弟が誕生しました。カインは農夫に、アベルは羊飼いになりました。あるとき、カインが農作物の中から神に供えものをしました。アベルは羊の群れの初子《ういご》とその脂身《あぶらみ》の中から選んで供物《くもつ》としました。神は二人の供物を見て、カインの供物はかえりみませんでした。カインは大いに怒り、アベルを殺して、神の前を去り、エデンの東に住み、都市を建設しました(**図2‐5**)。

図2–5 カイン、弟のアベルを殺害する(ルーベンス画、1608–09年)

エバの罪によって、アダムとエバは楽園を追われ、自然の土地に住みました。そして彼らの息子カインが殺人という罪をおかし、自然の土地からも追われ、その結果、都市を建設した、というのです。都市というものが、エバとカインの二重の罪の結実であるということになります。筆者の考えでは、罪深きものとして都市が位置づけられています。

「創世記」はこの後、ノアの箱船の話に移ります。アダムは九三〇歳で死にました。その子孫ノアは神にしたがう無垢《むく》の人でした。ノアが六〇〇歳のときに洪水が起こりました。

ノアの洪水

神は人間が悪いことばかりに従事していることに心を痛め、地上に人間を創ったことを後悔《こうかい》しました。しかし、ノアは善人であったので、神の好意を得ました。神はノアに、箱船《はこぶね》を造り、妻子を連れてそこに入り、すべての命あるものの雄と雌も共に入るよう命じました。

そして、洪水がおこりました。それは天の窓が開かれたかのようでした。洪水は四〇日間地上をおおい、水は一五〇日の間、地上に留まりました。

箱船はアララト山の上にとまりました。ノアは窓を開いて烏《からす》を放ちました。しかし烏は水の上をさまようばかりでした。次に鳩《はと》を放ちましたが、脚を休める場所を見つけられずに帰ってきました。さらに待って再び鳩を放ちました。鳩はオリーブの枝をくわえて戻ってきました。さらに七日待ってまた鳩を放ちました。今度は、鳩は帰ってきませんでした（図2-6）。

水が引いたことを知ったノアは箱船からでて、生けにえを焼いてささげ物としました。

神は、今後ふたたび洪水によってすべての生命がほろびることがないことを約束し、その証《あかし》として、虹《にじ》が雲の中に置かれました。

（「創世記」6〜9章）

このノアの洪水の話は、『ギルガメシュ叙

図2-6　箱船と鳩（ドレ画、19世紀）

事詩』のウトナピシュティムの洪水の話ととてもよく似ています。偶然の一致とは思えないほどに、話の細かい要素までもが似ています。

まずどちらも、神の好意を得た一人の男が、妻子を連れて箱船で洪水を逃れます。その船には動物の雄と雌が乗せられています。箱船は洪水のあと、山の上にとまります。その後どちらの場合も、鳥がでてきます。鳩と烏です。鳥によって洪水が引いたことを知り、外に出てきます。

さて、私たちは、これら二つの話がこれほどに酷似《こくじ》していても、たいしておどろかないかもしれません。しかし、この類似が発見された当初は、ただごとではありませんでした。

これが発見されたのが一八七二年のことでした。まだ若いアッシリア学者のジョージ・スミスが、大英博物館にある楔形文字のきざまれた板にこの話が記されているのを見つけたのですが、彼はその発見にあまりに興奮して、部屋の中を走り回りながら、着ていた服を脱ぎ始めたといいます。

つまり、当時聖書には真実が書かれていると思われていたのです。ところが、それは聖書よりも古くに成立していた『ギルガメシュ叙事詩』から借りてきた話であることが、証明されてしまったのです。これは当時、人々の信仰をゆるがしかねない、大きなできごとだったのです。

3
エジプト・アフリカの神話

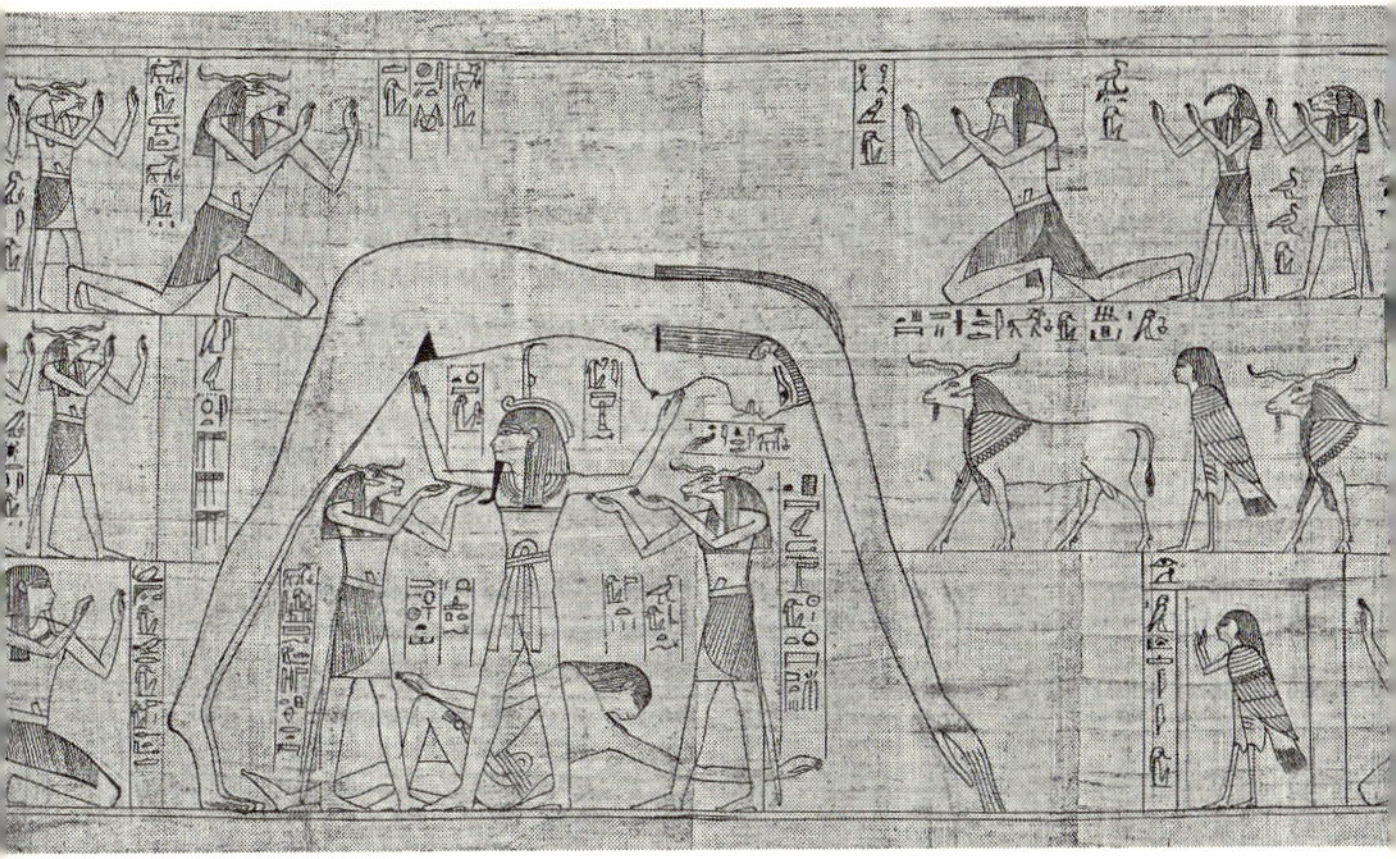

天空の女神ヌトと、大地の男神ゲブ。中央に立っているのがシュウ、横たわっているのがゲブ、シュウとゲブにおおいかぶさるように両手両足を大地についているのがヌト(「グリーンフィールド・パピルス」紀元前950〜前930年頃、より)

エジプトの神話

エジプトでは紀元前三〇〇〇年頃から高い文明が栄えました。ピラミッドや葬祭殿《そうさいでん》など巨大建造物が建てられ、象形文字《しょうけいもじ》ヒエログリフを用いてさまざまな内容の文書が記されました。

エジプト文明の特徴は、「ナイル川とともにある」ということです。ナイル川は毎年定期的に氾濫《はんらん》をくり返すことで上流にある農耕に適した肥沃《ひよく》な土が下流に運ばれ、大地に実りを授けました。

一方、ナイル川が到達しない場所は、不毛の地です。そこは砂漠《さばく》で、死の世界でした。ナイル川周辺と、それを取り巻く砂漠。これは緊迫《きんぱく》した関係にありました。ナイルの「生」と砂漠の「死」は、近い位置でせめぎあっていたのです。

◆「ヘリオポリス（太陽の町）の創世神話」

まずは、エジプト神話における、世界の最初のときの話を見ていくことにしましょう。

最初のとき、太陽神アトゥム＝ラーだけがいました（図3-1）。彼は原初の水につき出た石の上に立ち、口から大気の男神《おとこがみ》シュウと、湿気《しっけ》の女《め》神《がみ》テフヌトをはき出しました。シュウとテフヌトが結びついて、大地の男神ゲブと天空の女神ヌトが生まれました。

この二人ははじめ抱き合っていましたが、父神の「大気」シュウが引き離し、ヌトを天高く持ち上げ、ゲブは大地に横たわらせました（本章扉絵）。ゲブとヌトの間に生まれたのがオシリス、イシス、ネフティス、セト

図3-1　中央にスカラベの姿の太陽神、下部に原初の海から聖船を持ち上げているのはヌンという神（紀元前12〜前11世紀）

です。

この話で興味深いのは、「天空」が女神であり、「大地」が男神である、というところです。じつは、世界のほとんどの地域では、「天空」は男神、「大地」は女神と、天と地の性別がエジプトの場合と逆になっているのです。「天父地母《てんぷじぼ》」型とよばれるものです。

たとえばギリシアでは、天空が男神ウラノスで大地が女神ガイアです。この二人は親子（ガイアの子がウラノス）で夫婦になりました。インドでは、天空が男神ディヤウス、大地が女神プリトヴィーの夫婦で、やはり「天父地母」型です。

天父地母型は、ごく自然な人間の思考に基づくものと考えられます。まず、「天と地は対《つい》で、夫婦である」という思考。次に、「大地は母である」という思考。「母なる大地」という言い方もあるように、あらゆる動植物の生命を生み育てる大地は、自然に女性とつながります。大地が女神、とすると、対となる天空は男神、ということになるわけです。

ではなぜ、エジプトでは天地の性別が逆なのでしょうか。これには、エジプト特有の思想が関連しています。エジプトでは、天空であるヌトが、生命をつかさどっています。彼女は毎日死ぬ太陽を、毎朝生み出す女神です。同時に死者の魂《たましい》もまた、彼女のもとに戻るのです。戻って、死後の生を送り、あるいは再び生まれます。

つまり、天空こそが、あらゆる生命の母胎《ぼたい》であるのです。そのような思想背景において、天空が女神であると考えられ、対をなす大地は男神となったのでしょう。

◆「オシリス神話」

次に取り上げるのはもちろんエジプトの神話ですが、それを記したのはギリシア人のプルタルコスでした。一〜二世紀の人物です。

主人公はオシリスとイシスという夫婦の神です。オシリスは豊穣《ほうじょう》の神で冥界《めいかい》の神です。豊穣と冥界すなわち死は、正反対のもののように思われるかもしれませんが、神話においては表裏一体《ひょうりいったい》のものです。ですので、オシリスがその二つを同時につかさどっていても、少しも不思議ではないのです。そしてその妻イシスは、大いなる母神で、魔術《まじゅつ》をあやつる女神です。

「オシリスの死」

天空の女神ヌトと大地の神ゲブの間に、オシリス、セト、イシス、ネフティスが生まれました。オシリスは妹のイシスと結婚しました。ネフティスはセトの妻となりました。

さて、ここで気になるのは、兄妹の結婚ということで、近親相姦《きんしんそうかん》が行われていることになります。じつは、神話においては、近親相姦のモチーフはよく見られるもので、人間の通常の規範《きはん》を超えた結婚は、重要な意味をになっています。世界の始まりのときに、これから世界の秩序《ちつじょ》を作り上げる、そのためには、秩序を超えた力が必要とされます。その力を生み出すのが、秩序を超えた結婚、すなわち近親相姦であると解釈します。

オシリスはイシスと協力して地上の人々に農業を教え、平和な時代を築きました。これをこころよく思わなかったのが弟のセトでした。セトはオシリス殺害をくわだて、オシリスにぴったりの大きさの棺《ひつぎ》を作り、オシリスをあざむいて中に入らせ、棺のふたを閉じ、釘《くぎ》付けにして川へ流しました。こうしてオシリスは死んでしまいました。

日本で一般に目にする棺はとても地味ですが、エジプトの棺はまったく異なります。あざやかに彩色《さいしき》が施《ほどこ》され、神々の姿が描かれた、立派なものです。オシリスが気を許して棺の中に入ったというのも、私たちとは棺に対して抱く感覚が違っているためなのです。

「オシリスを探すイシス」

妻イシスは悲しみに沈みつつ、夫の遺体《いたい》を探す旅に出かけました。ナイル川を下り、海のかなた、レバノンのビブロスにやって来ました。オシリスを閉じこめた棺が、その地でヒースの木の中に包みこまれていました。そのヒースの木はビブロスの王の目にとまり、宮殿の柱とされたので、イシスは王宮に行き、王子の乳母《うば》として迎え入れられました。

イシスは、昼間は王子に乳房《ちぶさ》のかわりに指をふくませましたが、夜になると、赤子の王子を火の上にかざし、自らは燕《つばめ》となって辺りを飛び回りました。火の力によって人間の子である王子を不死の身としようとしたのでした。ところがこれを見た王妃《おうひ》がさけび声を上げたので、王子は不

図 3–2　ジャッカルの姿のアヌビス神。ミイラ処置をつかさどる（紀元前 13 世紀）

死となることができませんでした。

正体を明かしたイシスは、オシリスの入った棺をヒースの木の中から取りだし、エジプトに帰りました。イシスは鳶《とび》に変身してオシリスの上を舞い、偉大なる王となる息子神のホルスを妊娠《にんしん》しました。

イシスはオシリスの棺を湿地《しっち》に隠《かく》して息子の世話をしに行きました。そのとき、セトがこれを知って棺を探し出すと、オシリスの遺体を一四の断片に切り分けて別々の場所にうめました。

イシスはあきらめませんでした。彼女は妹ネフティスの助力を得て、オシリスの遺体の断片を、一か所を除いてすべて集め、それらを寄せ集めて包帯で巻き、ミイラ処置をつかさどるアヌビス神の助けで、ミイラにしました（**図 3–2**）。イシスがその翼《つばさ》でオシリスを打つと、彼はよみがえり、冥界の支配者として君臨《くんりん》することになりました。

探し出すことのできなかったオシリスの身体の断片とは、生殖器《せいしょくき》で、ナイル川の魚が食べてしまったといいます。この魚は、セトであったともいいます。

オシリスの身体がセトによって切りきざまれたわけですが、その数が具体的に記されています。「一四」です。この数は、月と関係があります。月は一四日で満ち、一四日で欠けていきます。この数は月に特徴的な数と言えるのです。そして月は、満ち欠けをくり返すことから、豊穣や死と再生と象徴的に結びつきます。この点で月は、豊穣の神であり、自ら死と再生を経験したオシリスと結びつくのです。

ギリシア神話「デメテルとペルセポネ」との関連性

さて、このオシリス神話と、そっくりな話がギリシア神話にでてきます。そのギリシア神話を紹介しましょう。紀元前七世紀頃の『ホメロス風讃歌《さんか》』に収められている「デメテル讃歌」に記された話です。

女神デメテルは冥府《めいふ》の王ハデスに誘拐《ゆうかい》された娘のペルセポネを求めて地上をさまよっていまし

た。エレウシスという地を訪れたとき、デメテルはその土地の主ケレオスの館《やかた》に留まり、その妻メタネイラの末子デモポンの養母となりました。夜になると女神は、その子が不死の身となるようにと願って、火の中にその子をうめておくのでした。

しかしあるときそれをのぞき見たメタネイラが、息子の身を案じて悲嘆《ひたん》の声を上げると、怒ったデメテルは火中からデモポンを取り出して、床《ゆか》の上へ投げ出しました。デメテルは自らの正体を明かした上で、小高い丘の上に大きな神殿を築き、その下に祭壇《さいだん》を設け、彼女自身が教示した祭式をとり行うようにメタネイラに命じると、背丈と姿を変えて館を出て行きました。

このギリシアの神話と、エジプトのオシリス神話との類似を整理してみましょう。

イシスは死んだ夫を探しまわりました。デメテルは、冥界に連れ去られた、すなわち「死んだ」状態にある娘を探し求めました。イシスとデメテルはどちらも大母神です。その旅の途中、どちらも、ある土地の王家の乳母となり、幼い王子を養います。そしてその子を不死の身とするために夜中に火の上に置きますが、それを王妃に見られたためにその子は不死の身となれず、女神は真の姿を現しました。

エジプトとギリシアの、このような神話の類似はどう考えればよいのでしょう。これほど細かい、特徴的な部分も似ているとなると、偶然とは考えられません。エジプトが先か、ギリシアが先か、どちらかで、一方から他方に神話が伝わったということになります。

では、どちらが先でしょう。この場合、文明の古さや、文化の伝播《でんぱ》の方向から類推《るいすい》して、エジプトが起源で、後にギリシアに伝わり、デメテルの神話として語り直されたと考えるのが一番自然です。

また、オシリス神話のそれぞれのエピソードは、ピラミッド時代からエジプトに存在していたものもあります。長い歴史の中で少しずつエピソードが加わっていき、最終的にプルタルコスがひとつにまとめたということでしょう。

☸ コラム　メジェドさま

二〇一二年、「グリーンフィールド・パピルス」とよばれるエジプトの「死者の書」が来日しました。「大英博物館　古代エジプト展」です。その一七章に、頭からすっぽりシーツのよ

図 3-3　左から3つ目がメジェド。右端の猫はラーの姿で、宿敵である蛇のアペプと戦っている(「グリーンフィールド・パピルス」より)

うなものをかぶり、両目と足先だけが出ているという、じつに奇妙な姿の神が描かれています(図3−3)。

　来日時にたいへんな話題となり、その後ゲームにもキャラクターとして取り入れられるようになりました。その名は「メジェド」。オシリスの支配する冥界《めいかい》と関連のある神のようですが、じつはその正体ははっきりとしません。

　海外ではそれほど注目されることもありませんでしたが、日本で話題を集めたのは、そのユーモラスな姿が日本の妖怪《ようかい》文化に通じるものがあったからかもしれませんね。

〈西アフリカ・ベナン・フォン族の神話〉

エジプトだけではなく、アフリカ全土に多くの神話が残されています。ここではその中から、特に世界の神話と比較できる内容を持つ話を一つ、紹介します。

◆「いたずら者の神レグバ」

至高《しこう》の母神マウーには七人の子がいました。マウーは子供たちのそれぞれに、海や、大地や、動物界などの支配領域を定めました。しかし末息子のレグバを溺愛《できあい》していたマウーは、その子だけは側《そば》に留めて、兄たちとの間の伝令《でんれい》役を務めさせました。兄たちにはそれぞれ違った言葉が教えられましたが、レグバにだけはマウーの言葉と兄たちのすべての言葉が教えられました。こうしてレグバは、神々や人間と、マウーとの間を取り持つ役を果たすようになりました。

ところがレグバは、次第にこの仕事に嫌気がさすようになりました。そしてマウーから離れるため、奸計《かんけい》を立てて、雨の日にマウーのサンダルをはいて彼女の畑からヤムイモを盗《ぬす》みました。翌朝、この盗みが明らかになると、レグバは人々を集め、畑に残された足跡と皆の足跡を比べさせました。足跡の合致する者が誰もいなかったので、レグバはマウー自身の足跡と比べさせたところ、当然のことながら見事に一致しました。人々は畑の持ち主が勝手にイモを取ったんじゃないかと言って去って行きました。

この侮辱《ぶじょく》に腹を立てたマウーは、地上から離れ、いつも天界にいることにしました。ところがその頃、天と地はほんのわずかしか離れておらず、相変わらずレグバはマウーの手下でした。そこでレグバは、ひとりの老女をそそのかして、洗濯《せんたく》の後のよごれた水を、マウーのいる天界にかけさせました。するとマウーは地上からもっと離れたいと思い、天と地をずっと離れた場所に移しました。

こうしてレグバはマウーの手下の役割から解放され、それからは自由にふるまうことができたといいます。

トリックスター

この話に登場するレグバは、典型的な「トリックスター」の神さまです。トリックスターというのは、「いたずら者の神」を指す用語です。神話の中でさまざまないたずらをして社会の道徳や秩序を乱しますが、そのことによって社会の秩序を再構築させ、また人間の運命や文化を作り出す働きをします。

トリックスターの行動パターンについてよくまとめられたものに、文化人類学者の山口昌男(一九三一～二〇一三年)による、東アジアのジュクン族の説話に現れるトリックスター、「野ウサギ」の分析があります。そこでは「野ウサギ」がトリックスターですが、トリックスターは、神々や人間だけでなく、動物の場合も多いのです。

ここで分析されている野ウサギの行動パターンに、筆者がさらにわかりやすく手を加えて、下記のように①～⑧までの「トリックスターの八つの行動パターン」の一覧を作りました。

①盗み、詐術《さじゅつ》によってあたりをかき乱す

② いたるところに素早く姿を現す
③ 異なる領域を行き来する
④ 未知なるものを人間の世界にもたらす
⑤ 常に動いているが、思わぬ失敗もする
⑥ 王の召使《めしつか》いとして働き、王と住民の媒介《ばいかい》をなす
⑦ 権威《けんい》に対して挑戦的
⑧ 王権の体現者

この一覧に照らしてレグバの行動を考えてみると、すべてではないものの、多くの点で一致していることが分かります。

まず①として、レグバはいたずらで盗みを働いて、マウーと人々の関係に亀裂《きれつ》を生じさせました。②と③については、レグバはマウーのいる天界と兄たちのそれぞれの世界を迅速《じんそく》に行き来して活動していました。④の「未知なるもの」を「未知なる状態」と読みかえると、レグバは天と地を遠くにへだてるきっかけを作ることで、未知なる状態を世界にもたらしました。⑥の王の召

使いという点では、レグバは長くマウーの手下であったわけですし、⑦の権威に対して挑戦的という点では、レグバは権威の象徴たるマウーに徹底的に逆らったのでした。

このように、トリックスターの典型的な行動パターンの多くが、レグバにも当てはまることがわかります。

4

ギリシアの神話

木馬を市内に引き入れるトロイ人たち(ティエポロ画、1773年)

ギリシアでは、さまざまな文献に多くの神話が残されました。まず、それらの文献のおもなものをご紹介しましょう。

◆ホメロス『イリアス』『オデュッセイア』　紀元前八世紀後半

トロイ(現在のトルコの北西海岸の近くで栄えていた町)とギリシアとの戦争「トロイ戦争」の一部を物語るのが『イリアス』です。『オデュッセイア』は、そのトロイ戦争で活躍したギリシアの英雄オデュッセウスの、その後の冒険物語です。

◆ヘシオドス『神統記《しんとうき》』『仕事と日々』　紀元前八〜前七世紀初め

『神統記』はギリシアの神々の系譜を、神話を交《まじ》えながら語っています。『仕事と日々』は農夫に対する教訓ですが、後述するパンドラの話など、重要な神話をいくつか含んでいます。

◆『ホメロス風讃歌《さんか》』　紀元前八〜前六世紀

全三三篇《ぺん》あり、さまざまな詩人が、神々の誰かを主人公にしてたたえた詩を集めたものです。

◆アポロドロス『ビブリオテケ』(『ギリシア神話』岩波文庫)　紀元後一世紀頃
ギリシア神話のまとまった概説書となっています。

◆オウィディウス『変身物語』(ラテン語)　ローマ帝政初期(紀元前後)
文字通り「変身」をテーマにした神話を集めたものです。ギリシアの神話というよりは、ローマ風のギリシア神話といったほうがよい味わいがあります。

このように豊かな神話世界を築き上げたギリシア文明。その神話の一端《いったん》をみていくことにしましょう。まずは、世界のはじまりの神話です。

天地創世《そうせい》──「混沌《こんとん》からティタンの誕生まで」

はじめに混沌のカオスだけがありました。そこからガイア(大地)、タルタロス(地底の暗黒界)、エロス(愛)が生まれました。そのあとカオスから、エレボス(闇《やみ》)とニュクス(夜)が生まれました。ニュクスとエレボスが結婚し、アイテル(天上の清らかな光)と、ヘメラ(昼)を産みました。

大地のガイアは、自分ひとりの力でウラノス(天)と山々と海を産んでから、息子のウラノスと

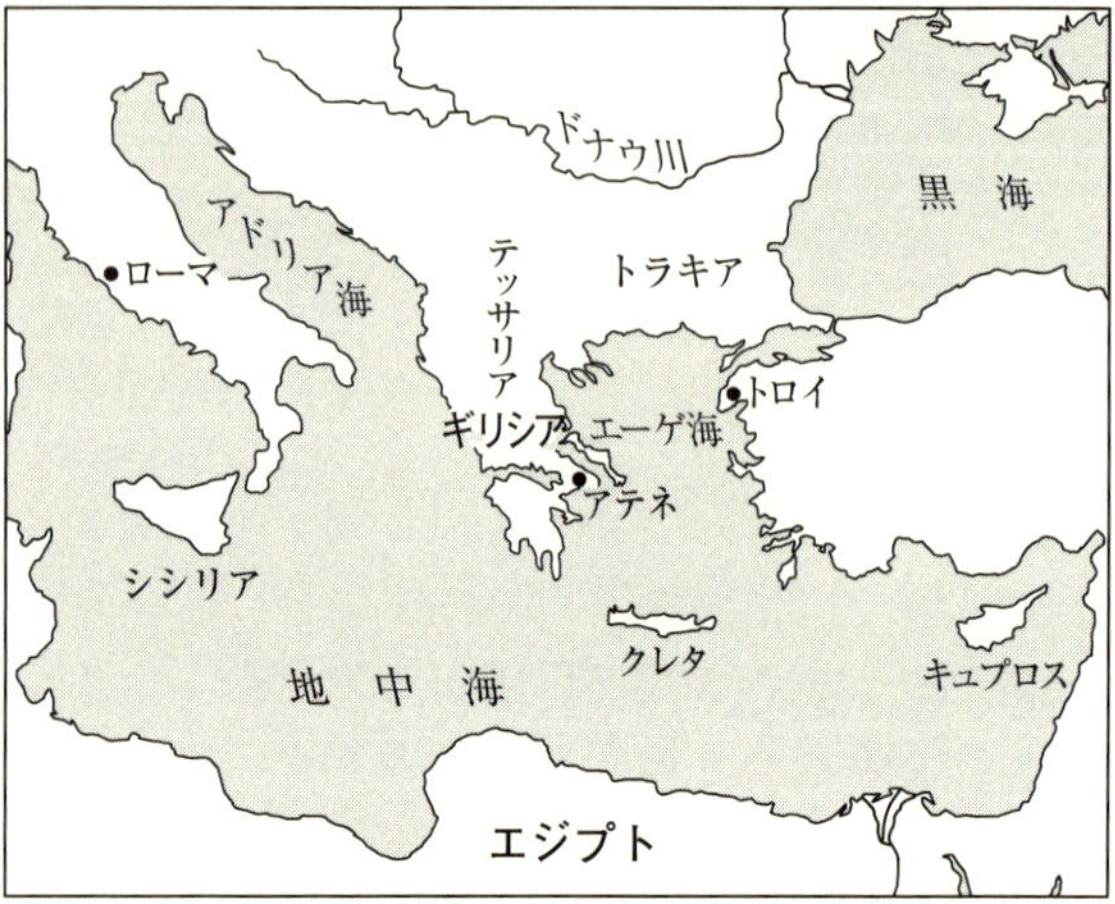

図 4-1　古代ギリシア周辺地図（樺山紘一著、岩波新書『地中海』より改変）

結婚して男女六人ずつの神々を産みました。これら一二神をティタンといいます。

ガイアはまた、キュクロプスという三つ子の怪物と、やはり三つ子のヘカトンケイルという怪物を産みました。キュクロプスはひたいの真ん中に一つの丸い眼を持つ巨人で、ヘカトンケイルは五〇の頭と一〇〇本の怪力の腕を持っていました。

この神話では、世界の最初期の段階で、「エロス」すなわち「愛」が生じたことになっています。これは、「愛」というものの持つ生産の力が、原初の世界にとって不可欠のものであったことを表わしています。

同じように、インドでも「愛」や「愛欲」の神カーマが、原初の存在であって、最初に生まれて世界創造の原動力となったとされています。「原初の愛」というテーマが共通して見られます。

「ウラノスとクロノス（父子の争い1）」

ガイアが産んだ怪物たちを、ウラノスはガイアの腹の中、つまり地底深くに戻してしまいました。

激怒したガイアは、アダマスという鋼鉄よりも頑丈《がんじょう》な金属で、ぎざぎざの刃《は》がついた大鎌《おおがま》を造りました（アダマスはダイヤモンドの語源になりました）。そしてそれを使ってウラノスを罰《ばっ》するよう、子供のティタンたちに命令しました。末子のクロノスがその役を引き受けました。

そしてウラノスがガイアと交わろうとして降りて来たときに、その男性器を鎌で切り落とし、背後へ投げ捨てました。

「アプロディテの誕生」

ウラノスの男性器は海に落ち、海面をただようううちに、まわりに白い泡《あわ》がわき出て、その中に美と愛の女神《めがみ》アプロディテが誕生しました(図4-2)。その女神の入った泡は、西風ゼピュロスの息吹《いぶき》に送られて、キュプロス島に着きました。すると季節の女神ホライたちが海岸で出迎え、衣裳《いしょう》を着せ美しいかざりを着けて、天上へ連れて行き、神々の仲間入りをさせました。

「クロノスとゼウス(父子の争い2)」

ウラノスを去勢《きょせい》したクロノスが次の天界の王になり、姉でもあるレイアと結婚して、三人の女神と二人の男の神を次々に産みました。最初に生まれたのは炉《ろ》の中の火の女神ヘスティア、そのあと大地と農業の神デメテル、神々の女王ヘラ、冥府《めいふ》の王ハデス、海の王ポセイドンが誕生しました。

ところがクロノスは、子供たちが生まれるとすぐにレイアから取り上げて、自分の腹の中にのみこんでしまいました(図4-3)。息子によって天界の王の地位をうばわれる運命にあるとガイア

図4-2 「ヴィーナスの誕生」。ヴィーナス、すなわちアプロディテが海から誕生した神話に基づく(ボッティチェッリ画、1485-86年)

に予言されていたからでした。

そこでレイアは、末の息子のゼウスを妊娠《にんしん》し、生まれるときになると、ガイアの教えにしたがってクレタ島に行って分娩《ぶんべん》し、クロノスには赤子だといつわって産着《うぶぎ》にくるんだ石をのみこませました。赤子のゼウスは、ガイアが山中の岩屋の奥にかくし、土地の女神のニンフたちに養育をゆだねました。成長するとゼウスは、ガイアの助言にしたがいクロノスにはき薬を飲ませました。するると彼はまずゼウスの身代わりになった石を、それから子供たちを、次々にはき出しました。

ゼウスはそれからきょうだいと協力して、自分の味方になる神々を、オリュンポス山の頂上に集めました。そしてそこを本拠地として、クロノスやティタンたちと戦いました。このときから天界につき出ているその山の頂が、神々のすみかになったのです。

クロノスたちとの戦いは一〇年にわたって休みなく続きましたが、最後に

図4-3 「わが子を食らうサトゥルヌス（クロノス）」。王位を子供に奪われるという予言を恐れたクロノスが、次々に子をのみこむ（ゴヤ画、1819–23年）

ゼウスはまたガイアの助言を受けて、ガイアの子でウラノスに地底に押しこめられたままになっていた怪物のキュクロプスとヘカトンケイルたちを解放して味方につけました。キュクロプスたちは恩返しに、ゼウスには無敵の武器の雷《いかずち》を、ポセイドンには三叉《さんさ》の矛《ほこ》を、ハデスにはかぶると姿が見えなくなる兜《かぶと》を造って贈りました。

またヘカトンケイルたちは、軍勢の先頭に立って、三人あわせて三〇〇本の手で巨大な岩をつかんでは投げたので、クロノスをはじめとするティタンたちは、ゼウスの雷で打たれたところを、無数の岩の下敷きにされて降参しました。そしてゼウスによって地底の暗黒界タルタロスに幽閉《ゆうへい》されました。

天地創世からゼウスの勝利までの一連の神話の中で、世界の最初のときに生まれた大地の女神「ガイア」の役割に着目してみましょう。ガイアは、息子のウラノスと結婚して怪物の子供たちを産みましたが、ウラノスがこの子供たちをガイアの腹の中、つまり地底深くに戻してしまったため、ガイアは激怒して、息子のクロノスにウラノスを去勢させました。つまりガイアは、ウラノスを愛して子供をつくりましたが、その愛が裏返って憎《にく》しみになり、復讐《ふくしゅう》を果たしたのでした。

それだけではありません。次にクロノスが天界の王位につきましたが、ガイアはこのクロノスに予言を下しました。生まれてくる息子によって王位をうばわれるという予言です。クロノスはこれを恐れて次々に生まれてくる子供たちをのみこみました。ウラノスはガイアの腹に子供たちを押し返しましたが、クロノスは自分の腹の中に子供たちをのみこんだのです。

しかしガイアは、最後に生まれたゼウスを救い、クロノスはこのゼウスによって王位をうばわれることとなりました。ガイアはクロノスに対しても、援助と憎悪《ぞうお》の双方を見せたのです。最後にゼウスです。ガイアはゼウスを助けて天界の王位につかせましたが、ゼウスがティタンたちをタルタロスに幽閉したことに激怒し、テュポンという恐ろしい怪物を造りだしてゼウスにけしかけました。両者は長く戦い続け、最終的にゼウスが勝利をおさめたのでした。やはりガイアは、ゼウスに対しても、愛憎《あいぞう》両方を表わしているのです。

このように原初の女神ガイアは、夫や子供の神々に対して、あるときは愛情深く助力しますが、簡単にその愛情を憎悪に変化させる、という恐るべき性質を示しているのです。

次に、人間の種族の移り変わりと、人間の運命の決定についての神話をみていきましょう。

「人類の起源――五つの種族」

オリュンポスの神々は、次々に五つの人間の種族を生み出しました。

最初の種族は「黄金《おうごん》の種族」とよばれ、神々のように労苦やなげきも知らずに暮らし、みじめな老いにおそわれもせず、眠りにつくかのようにおだやかに死にます。あらゆる善《よ》きことが彼らに備わっていて、豊かな田畑はたくさんの実りを惜《お》しまず与えました。しかし、黄金の種族は大地に隠《かく》されてほろびてしまいました。

次は「白銀《はくぎん》の種族」で、前よりずっと劣《おと》った種族です。一〇〇年間も子供のままで、母親のもとで戯《たわむ》れながら養育されてやっと大きくなり十分な年頃になると、今度はほんのわずかの間しか生命を保てません。たがいに害しあい、神々につかえようともしませんでした。ゼウスがこの種族をほろぼしました。

その次が「青銅《せいどう》の種族」です。白銀の種族とはさらに似ておらず、恐ろしい剛毅《ごうき》な種族とされています。戦《いくさ》を好み、穀物は食べません。武具も住居も青銅製です。まだ鉄はもっていなかったのです。彼らは自分たちの手でほろぼしあいました。

その次の時代は、輝かしい「英雄の種族」です。半神《はんしん》とよばれる英雄たちの時代で、現在よりも一つ前の世代です。この種族をほろぼしたのは恐ろしい戦です。たとえばオイディプスが領地テバイのために戦った折、また後に紹介するように、美しいヘレネのために海を渡ってトロイをほろぼした折に。

神話の中で語られている英雄たちの物語は、この世代に属しています。

そして最後は「鉄の種族」。今の人間たちです。昼間は労働と悲嘆《ひたん》の止《や》むときがなく、夜は夜で命をすり減らされる、とされています。

五つの種族が入れかわりますが、その特徴は、「だんだん悪くなっていく」というところにあります。黄金から白銀、青銅、鉄、と、だんだん人間の性質は悪くなっていきます。ただし、青銅と鉄の間に、輝かしい「英雄の種族」が入れられて、この種族の時代だけは神の血を引くすぐれた英雄たちの時代ということになっています。

青銅の種族の時代に、次の神話に語られるような事件が起こり、人間と神々の区別がはっきりとつくようになりました。

「プロメテウス、人間に火を与える」

あるときゼウスは、神々と人間の区別をはっきりさせようと考えました。そのときプロメテウスという知恵者の神が、その役を引き受けました。プロメテウスは人間の味方をしてくれる神でした。

そこで彼は、一頭の牛を殺して、肉と内臓を皮にくるんで隠したうえに、それらすべてを胃袋に入れて、屑《くず》の詰《つ》まった袋に見えるようにしたものを、一方に置きました。そして他方には、骨の山の上をきれいに白い脂肪《しぼう》でおおい隠し、中においしい肉と内臓があるように見せかけました。そしてゼウスにどちらかを、神々の取り分として定めるように求めました。

ゼウスは、自分をだまそうとして役にたたない骨のほうを選ばせようとしたプロメテウスのたくらみを、見やぶっていました。それでもゼウスは、骨の山のほうを選びました。なぜなら牛の体の中で、骨だけはくち果てることがないので、不死で不滅《ふめつ》の神々の取り分としてふさわしく、他方の、おいしい内臓と肉の部分は、たちまち腐ってくちてしまうので、はかない命しか生きられない人間の取り分にふさわしかったからです。

つまりプロメテウスは、人間のために良かれと思ってゼウスをあざむこうとしましたが、結果的には人間にさけられない死の運命をもたらすことになったのです。

ゼウスはプロメテウスの奸計《かんけい》を見やぶっていましたが激怒し、そのむくいを彼とすべての人間に思い知らせようとしました。それまでは人間たちはつらい労働をしなくても、大地が彼らのための生活の糧《かて》を生み出してくれていました。しかしゼウスはこのときから、人間が生きていくための食物が、大地を耕《たがや》すつらい労働によってしか手に入らないようにしてしまいました。そして火も、人間から隠してしまいました。

ところがプロメテウスがまた人間の味方をして、隠された火を、天から盗《ぬす》んで人間に与えたのです(**図4-4**)。

図4-4　火を運ぶプロメテウス。ゼウスが人間から取り上げた火を、プロメテウスが盗み出して人間に与えた神話に基づく（コシエール画、1637年）

その仕返しにゼウスは神々に命令して、最初の人間の女パンドラを造らせ、禍《わざわい》に満ちた贈り物として、プロメテウスの兄弟のエピメテウスに贈ることにしました。

「パンドラの誕生」

ゼウスは神々に最初の女パンドラを造ることを命じました。まずヘパイストスが、急いで土と水をこね、その中に人間の声と力を運び入れ、不死の女神の顔に似せて美しく愛らしい乙女《おとめ》の姿を作りました。すると知恵と女性の手仕事を管轄《かんかつ》する女神アテナが巧緻《こうち》を極めた布を織る技術を乙女に教え、黄金のアプロディテは乙女の頭に愛らしさを注ぎ、耐えがたい恋情《れんじょう》と四肢《しし》をむしばむ悩ましさを注ぎこみました。神々の使者ヘルメスは、恥知らずな心と泥棒の性《さが》を彼女に与えました。

乙女は神々のさまざまな贈りものによってかざり立てられ、パンドラと名付けられました。というのは、日々の糧のために働く人間たちに禍があるようにと、オリュンポスに住まうすべての(＝パン)神々が贈り物(＝ドロン)を与えたためです。

このようにまったく救いようのない策略を完成させた後、ゼウスはヘルメスに命じてエピメテウスのもとに贈り物を運んで行かせました。エピメテウスは兄弟のプロメテウスから、人間たちにとって悪いものが生じることがないように、ゼウスからの贈り物は決して受け取らずに送り返すようにと言われていたのですが、そのことを忘れてこの贈り物を受け取り、後になって悔《く》やむことになりました。

というのも、それまで地上に住む、そのときは男だけだった人間の種族は、あらゆるわずらいをまぬがれ、苦しい労働もなく、人間に死をもたらす病苦も知らずに暮らしていました。ところがパンドラはその手で災厄《さいやく》の封印《ふういん》された甕《かめ》の大蓋《おおぶた》を開けて、甕の中身をまき散らし、人間にさまざまな苦難を招いてしまったのです。

そこにはひとりエルピス(希望)のみが、甕の縁《ふち》の下側に残って、外には飛び出ませんでした。ゼウスのはからいで、パンドラはそれがとび出す前に甕の蓋を閉じたからです。

しかしその他の数知れぬ災厄は人間界に跳梁《ちょうりょう》することになりました。現に陸も海も禍に満ち、病苦は昼となく夜となく、人間に災厄を運んで勝手におそってくる、ただしそれらの災厄は声は立てない、明知のゼウスがその声を取り上げてしまわれたからです。

図 4-5　パンドラが箱を開けている。ギリシア語原典では、箱ではなく甕（ウォーターハウス画、1896 年）

「希望」のみが甕の中に残ったことに関しては、古来さまざまに論議されてきました。「悪」を封じた甕の中に、良いものであるはずの「希望」が入っていた、というのは、一見おかしなことのように思われます。「悪」を封じた甕であるから、「希望」も悪でなければならないとする説と、「希望」はやはり善であるとする説に大分されます。

おそらくこの神話のメッセージはいたってシンプルなもので、人間はもろもろの悪に満ちた世界に生きるが、ただ希望のみを頼りに生きている、ということでしょう。善きものである「希望」を悪の甕の中においたのでは首尾一貫しませんが、そもそも神話はすべてが合理的に解釈できるものではないのです。

ところで、パンドラが開けたのは「箱」であるとする伝承が有名ですね（図4－5）。ところがギリシア語の原典では「箱」などどこにも出てきません。パンドラが開けたのは「甕」（ピトス）です。それは天界から持って降りたのでもなく、エピメテウスの家にはじめから置かれていたものです。

なぜなら甕は、古代ギリシア人の家には必ずあるもので、そのなかに食糧やぶどう酒などが保存されている、とても大きなものなので、持って移動できるようなものではないからです。

ギリシアの古典神話では「甕」であったのが、後にローマの文化の中で、「箱」に置きかわったとされています。ここでイメージの転換が行われ、現代でも「諸悪の根源」の意味で「パンドラの箱」という言い回しを使います。

「しばられたプロメテウス」

プロメテウスは、ゼウスをあざむいて人間の利益をはかろうとした罰として、柱にくさりでし

図4-6　鷲に肝臓を食われるプロメテウス。ヘラクレスがこの鷲を殺すまで残酷な刑罰は続いた（ルーベンスら画、1611–12年）

ばられ、ゼウスが送る大鷲《おおわし》によって昼の間中、肝臓《かんぞう》を食われるという、終わりのない刑罰を受けることになりました（図4-6）。

プロメテウスは不死の神であるので、鷲がねぐらに帰ると、夜の間に肝臓は元通りに再生します。それで、この責め苦《せく》は終わることなく続きました。長い年月の末に、英雄のヘラクレスがゼウスの大鷲を矢で射殺し、プロメテウスを刑罰から解放して、神々の仲間に復帰させました。

プロメテウスが受けた残酷《ざんこく》な刑罰は、鷲に肝臓を食われ続けるというものでした。ところで、人体の中で肝臓とは、唯一自ら再生する能力を持つ臓器です。そのことは、現代の医学でははっきりしていますが、おそらくそのことを、古代ギリシア人も知っていて、それでこのような神話ができたのでしょう。昔の人々の人体への飽《あ》くなき探究心が見て取れます。

「デウカリオンの洪水」

プロメテウスの息子デウカリオンは、エピメテウスとパンドラの娘ピュラと結婚しました。その時代にゼウスは、邪悪《じゃあく》な人類をほろぼそうとして、地上に大雨を降らせて大洪水《だいこうずい》を起こしました。しかしデウカリオンとピュラだけは、正しい人間だったので、プロメテウスから教えられて造った箱船《はこぶね》に乗って、洪水をまぬがれました。洪水が引いたあとで彼らは、神託《しんたく》の教えにしたがって、石を拾っては肩越しに投げると、デウカリオンの投げた石は男に、ピュラの投げた石は女になりました。

この話は、メソポタミアの神話のところで紹介した、「ウトナピシュティムの洪水神話」と似ています(第2章四六頁参照)。神々が人類をほろぼす洪水を起こすが、選ばれた家族だけが「箱船」に乗って生き延び、その家族の子孫がふえて後の新たな人類となる、という筋書きが共通しています。メソポタミアの洪水神話がギリシアに伝わったものと考えられています。

「トロイ戦争」

戦争の発端《ほったん》　神話の中で活躍する英雄の種族がほろび、現在の鉄の種族の世にかわるきっかけとなったのが、トロイ戦争でした。この戦争の発端は、女神たちのいさかいでした。

ゼウスは絶世《ぜっせい》の美女である海の女神テティスに求愛していましたが、おきての女神テミスから、テティスの産む子はその父よりも強い力を持つ定めになっていると教えられたので、自分の地位を息子におびやかされるのを恐れて、求愛を断念しました。そしてテティスを、プティアの王である人間のペレウスと結婚させることにしました。

テティスは女神の身でありながら人間の男などと結婚するのを当然嫌がり、火や水、獅子《しし》や大蛇《だいじゃ》などに次々に変身してペレウスから逃れようとしましたが、何に変身してもペレウスが彼女をとらえたまま離さずにいると、ついに正体である美しい女神の姿に戻り、妻になることを承知しました。

図 4-7 「パリスの審判」。ヘラ、アテナ、アプロディテの三女神の中から、パリスが「最も美しい女神」を選ぶ(ルーベンス画、1632–35 年頃)

この結婚から、父のペレウスよりもはるかに強力な、アキレウスという名の息子が誕生しました。アキレウスはトロイ戦争において随一《ずいいち》の勇士として活躍し、そして、その戦争の中で命を落とす定めでした。

さて、ペレウスとテティスの結婚を祝って神々は宴会をもよおしましたが、争いの女神エリスだけは招かれませんでした。これをうらんだエリスは、「最も美しい女神」への贈りものだと言って、黄金のリンゴを宴会場に投げこみました。それを誰が受け取るかということで、ヘラとアテナとアプロディテ、三人の女神が激しく争いました。最後にはゼウスが判定を下すこととなりましたが、ゼウスは自分に累《るい》がおよぶことをさけるために、小アジアのダーダネルス海峡《かいきょう》の近くにあったトロイ王国の王子パリスに、その審判《しんぱん》をさせることにしました(図4-7)。

三人の女神はそれぞれ、自分を選んだ場合の贈りものをパリスに示しました。ヘラは世界の支配権を約束しました。アテナはあらゆる戦における勝利を約束しました。アプロディテは、世界一の美女を与えようと言いました。パリスはアプロディテを選びました。

その世界一の美女とは、ゼウスが人間のレダと契《ちぎ》って産ませたヘレネでした。ミュケネ国の王アガメムノンの弟のメネラオスが彼女の夫となり、義父の跡をついでスパルタ国の王位に即《つ》いていました。パリスはアプロディテに助けられてスパルタへ行き、ヘレネを誘拐《ゆうかい》してたくさんの財宝とともにトロイへ連れ帰り、妻にしました。

メネラオスは妻と財宝を取り返すため、兄のアガメムノンを総大将にして、ギリシア中の王たちにその遠征《えんせい》への参加を求めました。

トロイ戦争の英雄たち　ギリシアの諸国の王たちはそれぞれ手勢《てぜい》を集めて船に乗せ、エーゲ海を渡ってトロイへ攻め寄せました。ギリシア軍によるトロイの攻囲《こうい》は一〇年にわたりました。

表4-1　ギリシアとトロイの英雄たちや神々

	ギリシア方	トロイ方
人	アキレウス(当代一の英雄) 大アイアス(筋骨たくましい) 小アイアス(俊足を誇る) ディオメデス(オデュッセウスの親友) オデュッセウス(知略に富む戦術家)	ヘクトル(トロイ王プリアモスの長子) アイネイアス(アプロディテと人間のアンキセスの子) ペンテシレイア(援軍に来たアマゾネスの女王) メムノン(エチオピアの王で、曙《あけぼの》の女神エオスの子)
神	ヘラ(神々の女王) アテナ(正義と戦の女神) ポセイドン(海の神) ヘパイストス(ものづくりの神)	アプロディテ(美と愛の女神) アポロン(予言と神託の神) アルテミス(山野と狩りの女神) アレス(荒々しい戦の神)

それぞれの軍勢の中で、とくにおもだった働きをした英雄たちや神々の一覧を、以下に作成しました(表4-1)。

ゼウスを除くオリュンポスの神々も、ギリシア方とトロイ方に分かれてそれぞれ贔屓《ひいき》するほうを応援し、しばしば地上に降りて来て助勢しました。

戦争の一〇年目に、ヘクトルがアポロンに助けられてアキレウスの親友のパトロクロスをうち取りましたが、その後ヘクトルはアキレウスに仇《かたき》をうたれて殺されました(このあたりの話が『イリアス』の主題となりました)。

その後、劣勢《れっせい》となったトロイ方に、ペンテシレイアやメムノンが助勢に来ましたが、アキレウスに次々にうち取られました。しかしそのアキレウスも、またもアポロンに助けられたパリスによって、その不死身の身体の唯一の弱点であった右足のかかとに矢を射当てられて落命しました(これが、人体の急所の代名詞「アキレス腱《けん》」の由来となりました)。

トロイの木馬　戦争の勝敗を分ける決定打となったのが、オデュッセウスがアテナの助けで考え出した、「木馬の計略《けいりゃく》」でした。オデュッセウスは、ギリシア軍に加わっていたエペイオスという工作の名人に命じて巨大な木馬を作らせました。そしてその空洞《くうどう》になっている腹の中に、ギリシア勢の選《え》り抜きの勇士たちが隠れました。その他の軍勢は、陣営を焼き払って船に乗り、見つからぬよう、沖の島の影にいかりを下ろして待機しました。

するとトロイの人々は、ギリシア軍が勝利を断念して帰国したと思い、喜んで市の外に出てきました。そして木馬を発見すると、戦利品として市内に引き入れ、勝利を祝って酒宴をくり広げました。

彼らが酔いつぶれて熟睡《じゅくすい》した夜ふけに、木馬からギリシアの戦士たちが出てきました。そして城門を開け、戻ってきた味方の軍勢を引き入れて、市に火を放ち、不意を打たれてなすすべもなくうろたえるトロイ人に対して、殺りくをほしいままにしたのです。

トロイの男たちは、かろうじて市外に逃げのびたほんの少数の落ち武者《むしゃ》を除き、皆殺しにされました。女たちは、奴隷《どれい》も王女も皆、略奪《りゃくだつ》した戦利品の財宝などと一緒に、ギリシア方の大将たちに分配されました。


ギリシア勢の帰国　ギリシアの英雄たちは帰国の途《と》につきましたが、それぞれさまざまな苦難にあい、無事に故国に帰れたものは少数でした。

小アイアスは女神アテナの怒りをかって航海の途中で雷《かみなり》に打たれて溺死《できし》しました。メネラオスは嵐で大部分の船を失ってエジプトに流れつき、トロイを出てから八年目にヘレネとともに故国スパルタへ帰りつきました。総大将のアガメムノンは帰国後すぐに、妻のクリュタイムネストラとその愛人アイギストスによって殺されました。

オデュッセウスは最も数奇な運命をたどりました。一つ目巨人を退治したり、女神キルケの館《やかた》に滞在するなど、不思議な経験をし、最後には船も部下も失ってたった一人、一〇年の間さまざまな場所を放浪《ほうろう》し、辛酸《しんさん》をなめました。

このオデュッセウスの冒険物語が、ホメロスの『オデュッセイア』です。

アイネイアス　トロイの英雄に、アイネイアスという名の、女神アプロディテの息子がいました。彼は老いた父アンキセスを背負い、幼い息子アスカニオスの手を引き、トロイの守護神の神像を手に、殺りくがくり広げられていたトロイから無事に脱出しました。

彼はほかの生き残りのトロイ人たちを集めて船に乗り、長い航海をした末に、イタリアのラティウムに来て、土地の王の娘と結婚し、その妻の名に因《ちな》んでラウィニウムという市を建設し、その王になりました。

アイネイアスの死後、息子のアスカニオスはアルバ市を築いてその初代の王になりました。

その後、アルバの一六代目の王ヌミトルの王女レア＝シルヴィアが、軍神マルスの種を受けて双子《ふたご》のロムルスとレムスを産みました。彼らは一緒にローマを創建し、ロムルスがその初代の王になりました。

こうして、ギリシアの神話は、ローマの神話へと、つながっていくのです。

☸ コラム　英語の月名とローマのユリウス暦《れき》

英語の月名は、ローマのユリウス暦に由来します。それ以前のローマ初期の暦法では一年は一〇か月でしたが、January と February があとから加えられ、現在のようなかたちになりました。二か月ずれたため、表4-2に記したような、おもしろい現象も起こりました。

九月以降にご注目ください。September は、本来「七の月」という意味です。ところが暦《こよみ》の改定で二か月ずれたので、「七」を意味する名前のまま「九月」になったのです。一二月まで同様で、二か月ずつずれています。

「六月」は、女神ユノ、ギリシアの女神ヘラの月です。「ジューン・ブライド」という言葉を聞いたことはありますか？「六月の花嫁《はなよめ》は幸せになれる」といわれています。それはなぜかというと、六月がヘラの月だからです。ヘラは、結婚の守り神、特に女性の結婚の守り神なのです。だから、六月に結婚した花嫁はヘラに守護されて幸せになれる、ということなのです。

表 4-2　英語の月名とローマのユリウス暦

1 月 January	ヤヌスの月(ヤヌスは門の守護神、始まりの神。頭の前後に顔をもつ)
2 月 February	「浄罪の月」
3 月 March	戦争の神マルスの月
4 月 April	(語源は諸説あるがサンスクリット語 apara「2 番目の」と同語源ともされており、その場合は「2 番目の月」の意)
5 月 May	成長の神マイアの月
6 月 June	女神ユノ(ヘラ)の月
7 月 July	ユリウス(Julius)・カエサルの生まれ月にちなむ
8 月 August	初代ローマ皇帝アウグストゥス・カエサルの月
9 月 September	初期ローマ暦 7 月
10 月 October	初期ローマ暦 8 月(octopus：タコ(8 本足))
11 月 November	初期ローマ暦 9 月
12 月 December	初期ローマ暦 10 月

5
ケルトの神話

アーサー王、石に埋めこまれた剣を引き抜く(フランス13世紀の写本より)

ケルト人とは、現在のアイルランド人、スコットランド人、ウェールズ人、フランスのブルターニュ地方のブルトン人などの祖先に当たる人々です。

かつてはヨーロッパ大陸でも勢力をふるっていましたが、次第に他民族に圧迫されてヨーロッパの西へ西へと追いやられ、さらにキリスト教化されたので、ケルト神話が比較的多く残っているのは、アイルランドとイギリスのグレートブリテン島西南部のウェールズ地方となっています。

ケルト神話には、世界のはじまりの神話、創世《そうせい》神話が欠けています。そのかわりに、アイルランドのなりたちについてのつぎのような神話があります。

◆「五種族の来寇《らいこう》――国造りを見た男トゥアンの話」

初めにアイルランドにやって来たのはパルトローンという種族でした。彼らが全部息絶えたとき、トゥアンという男が一人だけ生き残りました。トゥアンは次々と色々な動物に生まれかわりながら何百年も生き、島にやって来た五つの種族の盛衰《せいすい》のありさまを見て、後世の人々に語りました。

この話が、一一世紀の『アイルランド来寇の書』という古い写本に記されています。それによると、まずやってきたのはパルトローンという種族、次にネウェド、次がフィル・ヴォルグ、その次がトゥアタ・デー・ダナン、これは「女神《めがみ》ダナの民《たみ》」という意味です。神話の中心はこのトゥアタ・デー・ダナンにあります。そして最後がミールの息子たちです。ここから、人間の歴史になります。

それではまず、トゥアタ・デー・ダナンの神話をみていきましょう。

「トゥアタ・デー・ダナンの神話」

「蝶《ちょう》になったエーダイン」　地下の世界の神ミディルは、楽しい地下の王宮に、妻のファムナハと暮らしていました。あるときミディルは、国中で一番美しい娘を妻にしたいと思い、コナハト王の娘エーダインをめとりました。ミディルがエーダインと一緒に自分の宮殿に帰ると、最初の妻ファムナハは、その美しい花嫁《はなよめ》を見て激しい嫉妬《しっと》にかられました。

ある日、ファムナハは魔法の杖《つえ》でエーダインを打ち、水たまりに変えてしまいました。水たまりは毛虫に変わり、やがて毛虫は紫《むらさき》の蝶となって飛び去りました。蝶の周りにはいつも芳《こう》ばしい香りが立ち、美しい調べが聞こえてきます。紫の蝶がいつも自分のまわりをついてくるので、ミディルはそれが姿を消したエーダインとわかりました。ファムナハは再び魔法の杖をふり上げ、蝶のエーダインを王宮から追い払いました。

七年ものあいだエーダインは、さびしい荒野や岩地をさまよいました。しかし幸運にも、一陣《いちじん》の風がふいて、エーダインをミディルの養子のオイングスの王宮の窓に吹き入れました。オイングスはそれがエーダインであることがすぐにわかりました。彼はエーダインの蝶のためによく陽のあたる四阿《あずまや》を作ってあげました。しかしこの隠れ家もファムナハに見つかり、魔法の嵐でエーダインは吹き飛ばされてしまいました。

蝶のエーダインは嵐に飛ばされてアルスターのエーダル王の広間に吹き入れられ、エーダルの妻が飲もうとしていた杯《さかずき》の中に落ち、そのまま飲みこまれてしまいました。蝶はエーダルの妻の子宮に入り、エーダルの娘エーダインとして再びこの世に生まれました。しかし、以前のエーダインから今のエーダインに生まれ変わるまでに、すでに一〇一二年も経《た》っていました。エーダインは過去のことをすべて忘れ、人間の娘として暮らしていました。

そのころエオヒド・アレウという男がアイルランドの王になりました。しかし彼には王妃《おうひ》がいないので、人々は税を納めようとしませんでした。王は貴族たちに、アイルランド中で一番美しい娘を探してくるようにいいつけました。使者の一人が、エーダルの娘エーダインが最も美しいと報告しました。エオヒド王は会いに行き、エーダインの美しさに打たれ、妻に迎えました。

エオヒド王が国を見回るために王宮から出かけると、夜毎《よごと》、エーダインの最初の夫であるミディルが彼女を訪ね、楽しい妖精《ようせい》の国で一緒に暮らそうとエーダインを口説《くど》きました。けれど前世の記憶を持たないエーダインにとって、ミディルは見知らぬ人でしかありません。ミディルは懸《けん》命《めい》に常若《とこわか》の国の様子を語って聞かせ、エーダインをさそったので、彼女は、エオヒド王が承知すればよい、と答えました。

それから少したったある夏の日、エオヒド王のもとに見知らぬ騎士《きし》が現れました。ミディルです。彼は銀の盤《ばん》と金の駒《こま》を出し、チェスをしたいと申し出ました。勝負に負けたものは相手の要求を何でもかなえなければならないことにしました。

はじめのころ、ミディルはわざと負けて、エオヒド王が要求することを魔法の力でやりとげました。土地を切り開き、森林を伐採《ばっさい》し、河や沼地に橋をかけました。

エオヒド王は慢心《まんしん》し、最後の大きな勝負をしよう、と言いました。しかしエオヒド王は負けてしまいました。ミディルは、「あなたの妻エーダインに口づけしたい」と要求しました。エオヒド王は考え、一か月後にその願いをかなえようと言いました。

約束の日が来ると、王は王宮を軍勢で包囲して、ミディルが入れないように守り固めました。エオヒド王は王宮の広間で宴会をしていました。エーダインが彼の杯に酒をつごうとしたときに、ミディルが忽然《こつぜん》と現れ、無言でエーダインに近づくと、ふたりはそのまま空中に浮かび、王宮の外へ飛んでいきました。人々の目に映ったのは、二羽の白鳥が遠くへ飛んでいく姿だけでした。

しかしエオヒド王はエーダインをあきらめませんでした。ドルイド僧《そう》というケルトの祭司《さいし》に占いをさせ、エーダインのゆくえを探し当て、九年にわたって島中の妖精《ようせい》の丘を掘り起こして、壊していきました。それを後からミディルが直していきましたが間に合わず、最後の丘に追い詰《つ》められました。ミディルはエーダインを返すと王に言い、魔法で五〇人の侍女をエーダインと瓜《うり》二つに変身させ、この中から本物を選べたら、と条件をつけました。

しかしミディルの計略《けいりゃく》はやぶれてしまいました。エーダイン自身が、王に向かって、私がエーダインですと教えたのです。妖精の王ではなく、人間の王を選んだのです。エオヒド王とエーダインは幸福に暮らしたということです。

エーダインは蝶になり、その後人間の娘として生まれ変わります。このような生まれ変わり、つまり輪廻転生《りんねてんしょう》の思想は、インドのものがまるで専売特許《せんばいとっきょ》のようによく知られていますが、ケルトにもそれと似た思想がありますし、ごくシンプルな輪廻の思想は、古代世界には広く見られるものなのです。

ミディルは最後に、五〇人の侍女をエーダインそっくりに変えて、エオヒド王に本物を選ばせました。このようなモチーフは伝承において随所《ずいしょ》に見られます。インド神話では、アシュヴィンという双子《ふたご》の神が、チヤヴァナ仙《せん》そっくりに変身して、チヤヴァナの妻であるスカニヤーに「誰か一人を夫に選びなさい」と言いますが、スカニヤーは正しく夫チヤヴァナを選びました。

インド神話の「ナラ王物語」にも同じモチーフが出てきます。ナラ王に恋するダマヤンティー姫の婿《むこ》選び式に、インドラをはじめとする四人の世界守護神がナラ王と同じ姿で現れ、ダマヤンティーにその中から一人を選ぶよう言いますが、ダマヤンティーは神々と人間の相違点に思いをめぐらせ、恋するナラ王を選ぶことに成功しました。

このモチーフのとりわけ有名なものとしては、宮崎駿《はやお》氏のアニメ映画「千と千尋《ちひろ》の神隠《かみかく》し」の最後の場面があります。主人公である千尋の両親が豚《ぶた》に変えられて、豚の群れの中から両親を選ぶ、という話でした。結局、千尋が真実を見やぶって、試練に成功しました。

さて、このエーダインの話でもう一つ着目したいのが、「アイルランドのエオヒド王には王妃がいなかったために人々が税を払わなかった」という部分です。いったいなぜ、王妃がいないと税金が払われないのでしょうか。この話の背景には、ケルト独特の考え方があります。そのことがよくわかる神話をご紹介しましょう。

「王権を与える女神」 ダーレ王に五人の王子がいました。彼らのうち、黄金に輝く小鹿《こじか》を得た者が王位をつぐという予言がなされました。王子たちは森に小鹿を狩りに行きました。末弟のルギド・ライグデが鹿をとらえて殺しました。すると大雪が降って、王子たちは避難《ひなん》場所を探しました。

やがて食べ物とビールが豊富に用意された小屋を見つけました。そこにはみにくい老婆《ろうば》がいて、自分と床《とこ》を共にするならベッドを貸そうと言いました。

年長の王子たちは断りましたが、ルギド・ライグデは承知しました。彼が老婆とベッドに行くと、老婆の顔は五月の朝の太陽のように輝き、芳香《ほうこう》にあふれていました。美女に変身した老婆は、「私はフラティウス(支配)です」と名のりました。

つまりケルトでは、王権は女神によって与えられると考えられていたのです。女神が王を選ぶのです。この王権の女神は国土そのものであり、みにくい老婆として現れるときには荒廃《こうはい》した国土を、絶世《ぜっせい》の美女として現れるときは若い王によって繁栄する国土を、象徴しています。

このような王権の女神は、王の伴侶《はんりょ》であるとみなされます。したがって王妃がこの女神の代行者となります。王妃のいないエオヒド王に人々が税を払わなかった、という話には、このような背景があるのです。つまり結婚していない王は王権の女神に認められていないので正式な王ではない、ということだったのです。

「アルスター神話」

トゥアタ・デー・ダナンの時代が過ぎ去ると、アルスター神話とよばれる叙事詩《じょじし》の時代にはいります。その中で最も有名なのは、クー・フリンという英雄が活躍する「クアルンゲの牛あらそい」です。

「クアルンゲの牛あらそい」 話の発端《ほったん》はコナハト国の王宮でした。コナハトの王アリルと女王メドウがたがいの財産を比べました。王の所持する牡牛《おうし》を除いて、両者は互角でした。この牛に匹敵《ひってき》するのは隣国アルスターにいる牡牛「ドン・クアルンゲ」のみ。女王はこれを手に入れたいと願い、やがて両国は戦争になりました。

アルスターの軍は女神マハの呪いによって戦うことができない状態にありました。神の子であるクー・フリンだけは呪いをまぬがれたので一人で戦い、コナハトの侵入を食い止めました。

メドウは復讐《ふくしゅう》に燃えました。クー・フリンは絶対的な「ゲッシュ」とよばれる誓《ちか》いを守らなければならず、それをやぶると災厄《さいやく》にまきこまれるのですが、彼は禁忌《きんき》をおかさざるをえない立場に置かれました。片目の三人の老婆に犬の焼き肉を食べるようさそわれたのですが、彼のゲッシュは「身分の下の者からの食事のさそいは断らない」というものでした。そこで犬の焼き肉を食べましたが、彼のもう一つのゲッシュは「犬を食べてはいけない」というものでした。というのも、彼の名は「クランの犬」という意味だからです（彼は昔、鍛冶屋《かじや》のクランの飼い犬を殺した償《つぐな》いに、犬に代わって家畜を守る約束をし、その証《あかし》として名を改めていたのです。図5-1）。

この呪《のろ》いの結果、彼は半身がしびれてしまいました。この後クー・フリンは戦場で槍《やり》によって倒されました。傷の痛みに苦しみながら、クー・フリンは飛び散った自らの内臓を集め、湖に行ってそれを洗って身体に収め、石の柱にベルトで自分の身体を固定し、立ったまま死にました。戦いの女神モリーガンが烏《からす》の姿をしてやって来て、英

図5-1　クー・フリン、「クランの犬」を殺害する（レイド画、1904年）

雄に最期《さいご》の別れを告げました。

床の上で安らかに死におもむく英雄というのはあまりいません。多くの英雄は戦場で命を落とすものです。そうでなければ、ギリシアではヘラクレスが薪《まき》の上で自らの身体を燃やしたように、またインドではアルジュナらパーンダヴァ五兄弟が天界へいたる旅の途中で次々に倒れて死んだように、やはり床の上での安らかな死、とはほど遠い死に方をしています。

「フィアナ神話」

クー・フリンの時代からさらに三〇〇年下ると、「フィアナ」とよばれる騎士団《きしだん》が活躍した神話群に入ります。その主役はフィン・マク・クウィルとその子オシーン、孫のオスカルたちです。

「常若の国へ行ったオシーン」　オシーンとフィアナの騎士たちが森で狩りをしていると、突然西のほうから白い馬に乗った乙女《おとめ》が現れました。騎士たちはみな狩りを忘れ、この世のものとは思えぬほど美しいその乙女に見とれていました。

オシーンの父フィンは、ていねいにその乙女に近づき、名前と用向きをたずねました。すると乙女はこう答えました。

「フィアナの王よ、私は常若の国の王の娘、金髪《きんぱつ》のニアヴです。私はあなたの息子であるオシーンに愛をささげようと、遠い西の海の彼方から長い旅を続け、迎えにやって来たのです」

オシーンはその言葉を聞き、乙女の姿を見て、一目で心をうばわれ、「あなたの他に私の妻になる人はいない」と答えました。乙女は、自分と一緒に常若の国へ来ることを約束してくださいと言って、その国がいかに素晴《すば》らしい場所かを語って聞かせました。

オシーンは喜んで一緒に参りますと言って、父と仲間をその場に残して、ニアヴの白馬の後ろに乗ると、白馬はたちまち西のほうを目指して海辺までやって来て、海の中をつき進んで駆《か》け続けました。

やがて常若の国に着きました。緑の野には花々が咲き、青い丘、輝く湖、滝のある美しい国が見えました。建物はさまざまな宝石でかざられています。豪華な服を着た高貴な人々をしたがえ、輝く王冠《おうかん》を頂いた王が王妃とともに出迎えてくれました。何日も素晴らしい祝宴が続き、ニアヴとの楽しい日々はまたたくまに過ぎ、三年の月日が経っていました。

あるときオシーンは、父や友人にもう一度会いたくなり、ニアヴに帰らせてほしいと頼みました。ニアヴは、もう二度と会えなくなるかもしれないと言ってひどく悲しみながら、オシーンにこう告げました。

「アイルランドはもうあなたがお出かけになったときのようではないのです。フィンもフィアナの騎士もとうの昔に去りました。どうか私の言うことをよくきいてください。この白馬が道をよく知っています。けれど、決して白馬から降りないで下さい。あなたの足が土に触れたら、もう二度と私のところへは帰れないのです」

オシーンは決して馬から降りないと約束し、常若の国を離れ、海原《うなばら》を越えてアイルランド島の西の海岸に着きました。オシーンはすぐに、自然が以前とまったく変わっていることに気づきました。丘も湖もみな小さくなっているように思えました。騎士団の人影もその友人の家も見当りません。

するとそのとき、向こうから小さい人々が小さい馬に乗ってやってきました。彼らはオシーンの大きな身体におどろき、彼の鎧《よろい》や兜《かぶと》、金の柄《え》のついた剣《つるぎ》などをけげんな様子で見ていました。オシーンはその人たちに、フィンとその騎士団のことを知っているかたずねました。

すると、「ずっと昔にアイルランドのフィアナという騎士団の首領をしていたフィンという英雄のことなら色々な本に書いてある。その息子のオシーンという人は、妖精の娘と常若の国に行ってしまって、そのまま帰ってこなかったということだ」と答えました。

オシーンは深い悲しみにおそわれ、父の館《やかた》のあったほうへ馬を駆けさせました。しかしそこにはさびしく崩《くず》れた廃墟《はいきょ》と、雑草がしげっているだけでした。彼はあちこち馬を駆けさせましたが、出会うのは見知らぬ小さな人たちだけでした。

アズモルの谷に差しかかったとき、大勢の小さい人々が大きな岩を動かそうとしているのに出くわしました。オシーンは馬から身をかがめて片手でその岩をつかみ、少し遠くへよけて、下敷きになっている小さい人を救ってやりました。

そのとたんに、力のかかっていた金のあぶみが切れ、オシーンは馬から落ちると両足が地面

図 5-2 地上に取り残され、いっきに歳を取ったオシーン（レイド画、1910 年）

ついてしまいました。白馬は高くいななくと、すばやくかけ去ってしまい、オシーンは一人残されました。

そして恐ろしい変化が彼に起こりました。目はかすみ、若さは消え、全身から力が抜け、しわくちゃの老人になってしまったのです（図5-2）。


後の伝承では、オシーンはもう一度常若の国に帰って、金髪のニアヴといまでも楽しく暮らしている、ともいいます。

この話は、一読しただけで、日本の「浦島太郎《うらしまたろう》」に似ていることがよくわかります。異界へ行ってわずかな時を過ごして帰ってみると、数十年、数百年の時が過ぎ去っていた、という話です。これを神話学では「ウラシマ効果モチーフ」とよびます。中国にも同じモチーフを持つ話がでてきます（第8章一七八頁参照）。

◆「アーサー王伝説」

アーサー王伝説はケルト神話、とくにウェールズの伝承を素材としています。さまざまな伝承が多くの文献に残されています。一五世紀にイギリスのトーマス・マロリーの『アーサー王の死』に集大成されました。

アーサー王についてのおもなできごととしてはまず、石につき立てられた、王者のみが引き抜けるという剣を抜き、一五歳で王位につきます（本章扉絵）。その後、湖の妖精の乙女から名剣エクスカリバーを与えられます。妻はグウィネヴィアで（本書表紙）、王の側《そば》近くには魔術師で相談役のマーリンがいます。

図5-3　円卓の騎士たち（「聖杯の歴史」より、15世紀）

有名な円卓《えんたく》の騎士たちとして、ランスロット、ガウェイン、トリスタン、パーシヴァルなどがいます（図5−3）。

アーサー王は晩年に甥《おい》のモードレッドと刺し違えて瀕死《ひんし》の傷を負います。そしてエクスカリバーを湖に返し、アヴァロンの島へ旅立っていきます。

剣の英雄

アーサー王の特徴としては、「剣の英雄」であるということが挙げられます。彼に王位を与えた剣と、エクスカリバーとよばれる名高い剣です。この二本の剣は、同じ一つの剣なのか、別個のものなのかは、伝承の古い段階で混乱をみせており、はっきりしません。ともかく、アーサー王は剣と共に在《あ》り、剣を手放したときに生涯《しょうがい》を閉じました。

インドの叙事詩『マハーバーラタ』に出てくる英雄アルジュナも、似ているところがあります。アルジュナは神弓《しんきゅう》ガーンディーヴァを用いて戦争や冒険で無比の活躍をしますが、物語の最後に、その弓を海に投じてヴァルナ神に返し、そして死出の旅に出ました。

アーサー王も、アルジュナも、一心同体といえる武器を水界に投じて手放し、その直後に命を落としています。英雄と武器の強い結びつきを示しています。

日本神話でヤマトタケルが草薙《くさなぎ》の剣を妻のミヤズヒメのもとに置いて出かけ、その後病《やまい》を得て故郷への旅の途中で命を落とした話にも、同じモチーフがあらわれています。

アーサー王の騎士たちによる聖杯探求の旅

一二世紀頃になると、円卓の騎士である少年パーシヴァル（ペルスヴァル）が聖杯《せいはい》（グラアル）を目撃するというテーマが、アーサー王伝説の中に現れてきます。聖杯とは、最後の晩餐《ばんさん》のときにイエスが用いた杯で、はりつけになったときのイエスの血を受けたとされるものです。

パーシヴァルが、聖杯の城で漁夫王《ぎょふおう》という足の不自由な王さまの歓待《かんたい》を受けているときに、血の流れる槍《やり》と、聖杯と、銀の肉切り台を見る、という次のような場面があります。


漁夫王が晩餐のもてなしをしているとき、若者が白い槍をささげて入ってきました。槍の穂先《ほさき》からは血がしたたっていました。パーシヴァルはその槍が何か知りたかったのですが、質問することを何かがはばんでいるようで、たずねることができませんでした。

その槍はイエスが十字架《じゅうじか》にかけられたとき、ローマ軍の兵士がイエスのわき腹をつくとたちまち血と水が吹き出したという「聖なる槍」でした。

「聖なる槍」が入ってくると、そのあとからロウソクを持った者がしたがい、その後に両手に「聖杯」をささげた若者が入ってきました。「聖杯」は黄金でできていて宝石がはめこまれ、まぶしく輝いていました。

次に銀の肉切り台を持った二人の乙女が入ってきて、広間を横切って消えました。

パーシヴァルが見た槍・聖杯・肉切り台は、それぞれ異なるものを象徴しています。槍は「戦い」を表わし、聖杯は「聖なるもの」を、肉切り台は食糧生産と関わる「生産性」を表わしています。

人間社会に不可欠とされてきた三つの役割を、パーシヴァルが見た三つの宝物がそれぞれ象徴しているのです。

コラム　「トリスタンとイズー（イゾルデ）」とインド哲学？

アーサー王伝説の中に、円卓の騎士の一人であるトリスタンとイズーの悲恋の物語があります（図5-4）。こんな話です。

図5-4　トリスタンとイゾルデ、愛の媚薬を飲む（ダンカン画、1912年）

トリスタンはコーンウォール（イングランド南西の半島）のマルク王の甥で、マルク王の妃《きさき》となるイズーをアイルランドまで探し求め、イズーを連れて船で帰国しました。船の中で二人は誤って愛の媚《び》薬《やく》を飲み、強く愛し合うようになります。妃と甥の不倫《ふりん》を信じたくないマルク王と、王妃イズー、騎士トリスタンの間にさまざまな事件が起こります。

あるときトリスタンはフランスのブリタニアで

の決闘《けっとう》で毒《どく》の刃《やいば》にかかり深手《ふかで》を負います。この傷を治せるのは医術に優《すぐ》れたイズーだけです。彼は使者にイズーを連れて来るように頼み、もし彼女が来てくれるなら白い帆《ほ》を、だめならば黒い帆を、船に張るように指示します。

数週間後、待ちに待った船が現れます。しかし、トリスタンの愛されなかった妻が、窓から船を見て嫉妬《しっと》にかられてうそをつきました。「黒い帆の船がやって参ります」。トリスタンはその瞬間力尽き、息を引き取りました。

イズーはほどなく陸地に降り、トリスタンのいる屋敷に着きましたが、恋人の死を知って悲しみのあまりこの世を去りました。

二人の遺体《いたい》はティンタジェルにある礼拝堂《れいはいどう》にほうむられました。二人の墓《はか》は離れていましたが、一夜のうちにトリスタンの墓から一本の蔦《つた》が生え、イズーの墓までのびていきました。マルク王は三度までその蔦を切らせましたが、二人の墓はいつまでも一本の蔦にからまれ、離れることはありませんでした。

この物語を、一九世紀にワーグナーが楽劇《がくげき》「トリスタンとイゾルデ」として作曲し、一八六五年に初演されました。そのテーマは「愛の死」です。「愛の死」とは、真実の愛はこの世においては成就《じょうじゅ》することはけっしてない、死によってはじめて真実の愛は完成される、とする、ワーグナーの独自のテーマです。

「愛の死」のモチーフが最も純化された形で表われるのがイゾルデの死です。彼女の死によって二人の愛は完成されるからです。だからイゾルデは、ワーグナーの作品においては喜びにあふれて死におもむくのです。

また、楽劇においてイゾルデは最後に、「大宇宙へと溶けこむ」と歌います。これは、インド哲学に通じるところがあります。インド哲学では、個人の魂《たましい》アートマンが宇宙の最高原理ブラフマンと合流することを目指しているからです。古代のインド哲学も、一九世紀のワーグナーも、個人と大宇宙の融合《ゆうごう》という同じ大きな目的を、別々の形で表現したといえます。

6
北欧の神話

ロキの刑罰。上からしたたる蛇の毒を、妻のシギュンが器で受けている（ヴィンゲ画、1890年頃）

北欧《ほくおう》のゲルマン人の神話の特徴は、「神々と世界の終末」がはっきりと語られていることにあります。さまざまな神話を生きた神々も、世界の最後のときに宿敵の巨人族と全面戦争になり、双方がほろび、世界も終わります。けれどその後……。

ではさっそく、北欧の神話を紹介していきましょう。「原典」とよべるものとして、代表的なものが二つあります。

一つ目は『エッダ』あるいは『古エッダ』とよばれるもので、一〇世紀末頃に編纂《へんさん》されました。一七世紀にアイスランドで写本が発見されています。もう一つは『スノリのエッダ』というもので、一三世紀にアイスランドでスノリ・ストルルソンという人によって記されました。当時伝わっていた古い詩を引用して神話や伝説を語りながら、詩の言葉の用法や韻律《いんりつ》を解説したものです。

一〇世紀や一三世紀の成立と聞くと、「新しい神話なのか」と思われるかもしれませんが、編纂されたのがそのくらいの時代ということで、もとになる神話はもっと古いものであったと考えられます。ただ、新しい要素もあって、キリスト教からの影響が大きい部分もあります。

「ユミル」

まずは、世界の始まりの神話をみていきましょう。

原初のとき、巨人のユミルがいました。アウズフムラという牝牛《めうし》が乳《ちち》を与えて彼を養いました。牝牛は塩辛い石をなめていましたが、石をなめた最初の日の夕方に、石から人間の髪《かみ》の毛がでてきました。二日目には顔が、三日目には全身が現れました。

この石から出てきた男はブーリとよばれ、美しく巨大で力持ちでした(図6–1)。ブーリはボルという息子をもうけ、ボルは巨人の娘ベストラを妻にして三人の息子をもうけました。これがオージンとヴィリとヴェーです。後にオージンが世界の支配者となります。

図6–1 牝牛のアウズフムラと、ブーリ(18世紀アイルランドの写本より、以下同)

ボルの息子たちは、巨人ユミルを殺して世界を創《つく》りました。その肉で大地を、血で海を、骨で岩石を、髪《かみ》で樹木を、頭蓋骨《ずがいこつ》で天を、まつげで人の住まいミズガルズを、脳みそから雲を。

「世界巨人型」とよばれるタイプの創世神話です。メソポタミアのティアマトや、中国の盤古《ばんこ》、インドのプルシャと同じタイプになります。

「ユミル」という名は「双子《ふたご》」という意味で、インド神話の最初の人間で最初の死者、死者の王となった「ヤマ」と語源が同じです。ヤマは、日本では閻魔《えんま》とよばれている神様です。これらの神話から、原初の存在を「双子」という意味の名で表現するという特徴が見て取れます。

「世界樹ユグドラシル」

北欧神話の世界観の中心には、一本の巨木があります。世界樹ユグドラシルです。スノリによればユグドラシルはトネリコの樹で、全世界の上に広がり天の上にまで伸びています。

その樹を支えるのは三本の根で、それらは別々の場所にかけ離れています。一本は神々の住まいのところに、もう一本は原初の霜《しも》の巨人たちのもとに、三本目は原初の寒冷の地ニヴルヘイムの上にあります。

この根の下にはフウェルゲルミルという泉《いずみ》があります。蛇《へび》のニーズホッグがこの根をかじっています。そこには多くの蛇がいます。霜の巨人たちのもとにある根の下にはミーミルの泉があり、その水にはかしこさと知恵が隠《かく》されています。神々のもとにある根の下には、ウルズの泉という神聖な泉があります。

ユグドラシルの枝に一羽の物知りの鷲《わし》がいます。ラタトスクというリスが、樹を上下に駆《か》けて、根っこにいるニーズホッグ蛇と樹の上のほうにいる鷲の間に、悪い言葉を運んでいます。牡鹿《おじか》が四頭ユグドラシルの枝を駆け回り、若葉をかじっています。

ユグドラシルの巨木は、いろいろな災いに苦しめられています。ニーズホッグ蛇が根をかじり、四頭の牡鹿が若葉をかじる。しかし、「巫女《みこ》の予言」によると、ウルズの泉のほとりにすむノルンという女神たちが、毎日泉の水と泥《どろ》で枝の補修をしているのです。

世界を支える、あるいは世界そのものであるこの巨大な樹は、常に危機的な状況にあります。これは、北欧の神話世界において、世界が常に危機にさらされている、という思考の表われと考えられます。

このようにして形作られた世界は、やがて終わりのときを迎えます。「ラグナロク」です。神々と巨人族の最終戦争「ラグナロク」の始まりは、うるわしの神バルドルの死によって特徴づけられます。

「バルドルの死」

バルドルは最高神オージンと妃《きさき》フリッグの息子です。容姿端麗《たんれい》で輝かしく、神々の中でも最もかしこく雄弁で、慈《いつく》しみ深い神でした。

バルドルはある日、自分の命の危機に関する夢を見ました。彼がその夢を神々の一族、アース神族の面々に告げると、彼らは相談してバルドルのためにありとあらゆる危険からの安全保障を求めました。

母神のフリッグが、火と水、鉄とすべての金属、岩石、大地、樹木、病、動物、鳥、毒《どく》、蛇がバルドルに害をなさないことの誓《ちか》いを取りました。この誓いがたしかに実行されたのを確認すると、神々はバルドルを集会所に立たせ、彼に弓を射《い》たり、斬《き》りつけたり、石を投げたりしました。しかし何をされようともバルドルを害するものは何一つありませんでした。これはアースたちには大きな栄誉に思われれました。

ここに、ロキという神がいました。彼はいたずら者の神で、しばしば神々に敵意を抱くことがありました。ロキは女に化けてフリッグの所に行き、「本当にあらゆるものが、バルドルに害をなさないと誓ったのでしょうか」とたずねると、フリッグは、「ヴァルホルの西に一本の若木が生えていて、ヤドリギとよばれています。これは誓いを要求するには若すぎると思いました」と言いました。女に化けたロキは立ち去り、ヤドリギをつかんで引き抜き、集会所へ行きました。

盲目《もうもく》のホズという神が神々の輪の外に立っていました。ロキは彼に話しかけ、「私が君に、バルドルの立っているところを教えるから、この枝を彼に投げつけて、彼に敬意を表しなさい」とそそのかしました。ホズはヤドリギを受け取り、ロキの指示通りバルドルに投げました。ヤドリギはバルドルをつらぬき通し、彼は息絶えて大地に倒れました(図6-2)。

最大の悲劇が神々と人間に起こったのです。神々は悲しみのあまり涙にくれて口をきくこともできませんでした。なかでもオージンは、息子バルドルの死が神々にとってどれほどの損失であ

図 6-2　バルドル、ロキにそそのかされた盲目のホズに殺害される

るかよく承知していたので、とりわけ痛手を受けました。

バルドルは船に乗せられて火葬《かそう》されました。悲しみのあまり胸がさけて死んだバルドルの妻のナンナも、薪《まき》の上に運ばれて燃やされました(この話は、インドで妻が亡き夫の火葬の火の中に入る風習・サティーを想起させます)。

アースたちの中の勇士ヘルモーズが冥界《めいかい》の女王でロキの娘のヘルのもとへ行き、バルドルのための身代金《みのしろきん》を払って、返してもらえないかどうかやってみようということになりました。ヘルモーズはオージンの馬スレイプニルに乗って冥界へ行きました。

ヘルの屋敷の大広間に、バルドルが高座に腰かけているのが見えました。ヘルモーズはヘルに、バルドルを返してほしいと頼み、どれほど多くの涙が彼のために流されているか語りました。するとヘルは条件をつけました。

「もしも世界中のもの、生きているものも死んでいるものも、彼のために涙を流したなら、彼は神々のもとに返してやろう。だが、もし誰かが涙を流さなかったなら、ここに留まらせる」

ヘルモーズが帰還《きかん》すると、神々は使者を全世界に送り、バルドルのために泣いてくれるよう求めました。そして、すべてのものが泣きました。人間も生き物も大地も岩石も火もあらゆる金属も。しかし、洞《どう》くつにいる女巨人だけは泣かなかったのです。この女巨人はロキが化けていたものであると、人々は考えています。

若きうるわしの神バルドルの死は何を意味しているのでしょうか。一つの考えとして、彼は「死んでよみがえる」豊穣《ほうじょう》の神であるかもしれません。最終戦争・ラグナロクの後によみがえって、世界の支配者となるからです。

「ロキの縛め《いまし》」

バルドル殺害のあと、ロキは山中の滝に鮭《さけ》となって隠れて過ごしていましたが、ついに見つかりとらえられました。神々はロキを洞くつに連れて行き、岩にしばりつけました。ロキにうらみを持っていた巨人のスカジが毒蛇をつかまえて、蛇の毒が彼の上にしたたり落ちるようにしっかりと留めました。

ロキの妻シギュンが夫のそばにいて、したたる毒が夫にかからないよう、器で受けます（本章扉絵）。しかし、器がいっぱいになると、彼女はそこを離れて毒を捨てに行かなければなりません。そのときばかりは毒がロキの顔にしたたるので、彼は激しく身をもだえます。

これを人々は、地震《じしん》とよびます。ロキはそこに縛められたまま、ラグナロクまで横たわっています。


しばられて、終末のときまで横たわっているロキ。これは「しばられた巨人」というモチーフで、最も典型的にはキリスト教に表われています。五世紀頃の『ニコデモの福音《ふくいん》』によると、悪の王サタンは最後の審判《しんぱん》のときまで冥府《めいふ》にしばられているとされています。

じつはこのモチーフは古い段階のキリスト教には表われておらず、比較的新しいモチーフであると推測されます。その前段階にあるのは、次に紹介する「しばられた怪物」モチーフです。

「フェンリルの縛め」

フェンリル狼《おおかみ》はロキの子です。神々は、この狼が後に重大な災厄《さいやく》を自分たちに運ぶことを予見して、手元で育てることにしました。神々の中で、テュールだけが狼に近寄って餌《えさ》を与える勇気を持っていました。

狼の成長を見て恐ろしくなった神々は、狼に足かせをつけさせる計画をたて、小人の工匠《こうしょう》ドヴェルグに、グレイプニルという足かせを造らせました。これは猫の足音と女のひげ、山の根、熊《くま》の腱《けん》、魚の息、鳥の唾《つば》から造られました。見た目は絹糸《きぬいと》のように細くやわらかです。

図6-3　テュールとフェンリル狼。テュールは狼に右腕をかみ切られた

神々は狼に力試しをしようと持ちかけ、その足かせをつけさせようとしました。狼はその足かせが魔法などで造られていないことを証明する担保《たんぽ》として、誰か神々の一人が自分の口に手

を入れることを求めました。しかたなくテュールが自分の右腕を失う覚悟《かくご》をして、狼の口に入れました。

ひもの足かせが狼につけられました（図6―3）。狼がいくらふんばっても、ひもはきつくなるばかり。神々は皆笑いました。ただ、右腕をなくしたテュールを除いては。

ロキの「縛められた巨人」モチーフと似ていて、終末のときまで恐ろしい怪物が縛められているとされています。「縛められた怪物」モチーフです。巨人と怪物で別のモチーフと考えます。巨人の場合はキリスト教によく似た伝承がありますが、怪物の場合、同様のモチーフはシベリアのタタール族の伝承に見られます。山に七匹の犬が鉄のくさりでしばられており、この犬が解放されるときが世界の終わり、という伝承です。この怪物の神話には、東方とのつながりがあることが見て取れます。

「ラグナロク」

ロキとフェンリルは、ラグナロクのときまでくさりで縛められていることになっていますが、このラグナロク(Ragnarǫk)というのは、古ノルド語で「神々の運命・死」という意味で、そこから「世の終わり」を指す言葉として使われるようになりました。『エッダ』の「巫女《みこ》の予言」は、原初のときから存在する不思議な巫女の予言という形で、世界の終わりを語ります。

世界の混乱　東のほうの森に老婆《ろうば》がいて、フェンリル狼の一族を産み育てた、といいます。この狼の一族がやがて神々の住まいを血で赤く染めるであろうとされます。そのとき、幾《いく》夏か、陽の光は黒くなります。

不吉な前兆として、世界のあちらこちらで雄鶏《おんどり》が鳴きます。巨人の世界では赤い雄鶏フィヤラルが、アース神族のところでは黄金のとさかのグッリンカンビが、冥府では赤いとさかが煤《すす》で黒くなった雄鶏が、それぞれ鳴き声を上げます。

雄鶏の鳴き声は、日本や中国近辺の神話では、太陽をよび戻す聖なる力を持つことになっていますが、ここでは不吉なものとされています。

ガルムという名の犬がほえて、かせがちぎれ、そして狼が逃げだします。

この描写は詳細が不明でなぞかけのようです。まず、ガルム犬が逃げる、そして狼というのはおそらくフェンリルで、これも逃げ去る、ということでしょう。ただ、同じ狼（=犬）のことを言いかえているだけという読み方もできます。

このような前兆の後に、戦争が始まります。兄弟同士が戦い殺し合うことになります。人々は冷酷《れいこく》になり、戦いの世になり、誰も他人をゆるさなくなります。

「巫女の予言」はこのようになぞの多い情報を語っていますが、『スノリのエッダ』はラグナロクについて、もう一つ重要な要素を提供しています。「大いなる冬（フィンブルヴェトル）」です。

古い太陽が光を失い、そのとき「大いなる冬」が来ます。雪が四方から吹き付け、太陽は見えません。そのような過酷な冬が三度続き、その間に夏はありません。戦争も起こり、兄弟たちが殺し合います。

そしていよいよ、世界が終わりのときをむかえます。その様子を、『スノリのエッダ』に基づいて紹介しましょう。

諸神の運命　狼が太陽をのみこみ、別の狼が月をのみこみます。星は天から消え、大地と山々はふるえ、樹木が大地から根こそぎに抜けます。このとき、フェンリル狼は自由になります。海は、世界を取りまくミズガルズ蛇が陸に上がろうとするために激しく陸地に押し寄せます。巨大な狼フェンリルは目と鼻孔《びこう》から火をふき出し、ミズガルズ蛇は毒をふき出します。

天からムスペッル(原初の炎の地)の息子たちが駆けてきます。その先頭をムスペッルの番人スルトが進み、彼の前と後ろには燃える火が輝きます。フェンリル狼とミズガルズ蛇、ロキと巨人のフリュムもやって来ます。縛めを解かれたロキは娘である冥界《めいかい》の女王ヘルの仲間をしたがえ、フリュムは霜の巨人をしたがえています。これらの軍勢はヴィーグリーズの野に集《つど》います。

神々の見張り番であるヘイムダッルは立ち上がって力の限りギョッルの角笛《つのぶえ》を吹き、神々を目覚めさせます。神々は武装してヴィーグリーズの野へ向かいます。オージンは槍《やり》グングニルを手にしてフェンリル狼に向かいます。戦神トールはミズガルズ蛇と、豊穣神フレイはスルトと戦います。激しい戦いののちフレイが倒れます。かつて従者《じゅうしゃ》のスキールニルに与えた名剣を持っていなかったことが彼の死につながりました。

そのとき、ガルム犬の縛めも解け、テュールと戦いますが、相《あい》うちになります。トールはミズガルズ蛇を殺しますが、彼が九歩退《しりぞ》いたとき、蛇が最後に吹きかけた毒のために息絶えます。フェンリル狼がオージンをのみこみ、これがかの最高神の死となります。

しかしオージンの息子ヴィーザルが駆けつけ、狼の上顎《うわあご》と下顎を引きさいて殺します。ロキはヘイムダッルと戦い相うちになります。生き残ったスルトが地上に火を投げて全世界を焼き、大地は海に沈みます。

こうして、天と地と、その間にあるすべてのものとともに、オージン、トールなど古い世代の神々はほろんでいきます。しかし、神話はこれで終わってしまうのではありません。

世界の新生　スルトの炎が世界を燃やしたあと、海から緑したたる大地が現れます。そこでは種をまかなくても穀物が実ります。そしてアース神族たちが生き返ってきて、かつて神々が遊んだ黄金製の盤上遊戯《ばんじょうゆうぎ》の駒《こま》を見つけます。これが新たな世界の象徴となり、悲劇の死を遂《と》げたバルドルとその殺害者ホズ、そして彼らの息子たちが新たな世界の支配者となります。

人間たちの中で、一組の男女が森に身をひそめてスルトの炎から生き残っていました。二人は朝つゆを食べ物にしていました。彼らから再び人間たちが生まれます。

「巫女の予言」は世界の新生の様子を次のように語ります。

巫女は見る、／ふたたび／たえず緑なる大地が／海原より出でくるを。／……そこでふたたび／げにも妙《たえ》なる／黄金の駒が／草のなかに見いだされるだろう、／……種まかれぬまま／畑は実をむすぶだろう、／災いはみな改められるだろう、／バルドルは来るだろう。……／彼女は見る、／太陽よりも美しく／黄金で屋根ふかれた館が／ギムレーに立っているのを。／そこには誠ある

／人々が住み／そしてとこしえに／幸せを楽しみ味わうこととなる。

（「巫女の予言」、菅原邦城『北欧神話』東京書籍、一九八四年、二九六〜二九七頁より引用）

ギムレーとは善人が永遠に生きる場所とされています。キリスト教の最後の審判《しんぱん》のあとの天国を想起させます。

海から大地が現れる、というモチーフは、インドの神話でヴィシュヌ神が猪《いのしし》に化身して水没した大地をその牙《きば》ですくい上げた、という話によく似ています（第1章一七頁参照）。

また、新生した世界で、黄金の盤上遊戯（チェスゲームのようなもの）の駒が発見される、とあります。盤上遊戯の始まりが、世界の始まりを象徴しているかのように書かれています。これと似た描写が「巫女の予言」にもう一つあります。神々の歴史の始まりの頃、さまざまな争いが起きる以前の黄金時代の様子です。

草地で盤戯に興じ／彼ら（アース神族）は快活だった、／彼らには何ひとつ／黄金《こがね》づくりのものは不足しなかった。

（同『北欧神話』四九頁より引用。カッコ内筆者）

盤上遊戯と、黄金とが、アース神族の歴史の始まりと、ラグナロクの後に新生した世界の始まりとに共通して現れています。このことは、ラグナロクが、キリスト教のような直線的な時間の観念のもとに生じた一度きりのできごとではなく、破壊と再生をくり返す円環的《えんかんてき》な世界観のもとに語られていることを示唆《しさ》しているように思われます。

この円環的世界観は、別の所からもうかがわれます。ラグナロクを生き残ったトールの息子モージとマグニは、トールの武器である槌《つち》のミョルニルを持っていると、スノリの「ギュルヴィの惑《まど》わし」は語っています。かつてトールはこのミョルニルで巨人たちと戦ったのでした。

そのミョルニルを手にしたトールの子らは、これから始まる新しい神々の歴史の中で、かつてのトールのように、神々の敵たちと戦う戦神としての役割を果たすのかもしれません。

ところで、このラグナロクの終末の様子は、インド神話と比較できるところがあります。『マハーバーラタ』（第三巻第一八六章）に、「カリ・ユガ」（暗黒時代）の終末の様子が、次のように語られています。

カリ・ユガが終わりに近づくと、すべてが悪くなる。人々はうそつきになり、四つのヴァルナ(身分の区分)は混乱し、バラモンもクシャトリヤもヴァイシャ(庶民)もシュードラ(隷属民《れいぞくみん》)も己《おのれ》のダルマ(なすべき行い)を捨てる。生き物が増え、女たちは多産になり、地方には塔《とう》が林立し、四つの辻《つじ》はジャッカル(あるいは死体)に満ち、牝牛《めうし》はわずかな乳《ちち》しか出さず、樹木はわずかな花と実しかつけない。インドラ神は季節に応じた雨を降らせず、すべての種子は正しく成長しない。いよいよカリ・ユガの終わりにいたると、長年にわたる干《かん》ばつが生じる。地上の生き物たちは気力を失い、飢《う》え、ほとんど滅亡《めつぼう》する。七つの燃え立つ太陽が海や川のすべての水をのみほす。乾《かわ》いたものも湿《しめ》ったものも、すべてが灰燼《かいじん》に帰《き》す。

そして劫火《ごうか》(サンヴァルタカ)が世界におそいかかり、大地をさいて地底に入り竜の世界を焼き、地下にあるすべてのものをほろぼす。燃え上がる火は、神、アスラ、ガンダルヴァ、夜叉《やしゃ》、蛇、羅刹《らせつ》など、一切を焼く。

そのあと、稲妻《いなずま》に取り囲まれた多彩な色をしたさまざまな形の雲が立つ。その雲は恐ろしい音を響かせて天地をおおい、全地を洪水《こうずい》で満たし、恐ろしい火を消す。大雨は一二年間続き、海は氾濫《はんらん》し、山々はくだけ、大地もくだける。雲は強風に打たれて突然姿を消し、空もなく、世界は大海原《おおうなばら》に帰す。

このようなカリ・ユガの終末は、主として次の要素から成り立っています。

①人間世界の堕落《だらく》と混乱
②干ばつと火による世界炎上
③雲の発生と大洪水

この三つの要素はすべて、この順番で、ラグナロクの描写にも表われています。世界の混乱についての不気味な描写から始まり、スルトの火が世界を燃やし、最後に大地が海に沈みます。
インドと北欧ゲルマンは、どちらもインド＝ヨーロッパ語族という言語の家族の仲間で、共通の文化的母胎《ぼたい》を持っています。北欧とインドの終末の神話は、インド＝ヨーロッパ語族がもともと持っていた古い共通の神話にさかのぼる可能性があります。

それとはまた別に、ラグナロクにはキリスト教の終末論と似た要素も見られます。その一つが、ラグナロクを警告する、ヘイムダッルのギョッルの角笛です(図6-4)。次のように記されています。

図6-4　神々の見張り番・ヘイムダッル。ギョッルの角笛を吹いている

ミームの息子らは戯《たわむ》れ、／そして運命は始まる、／鳴りひびく／角笛ギョッルの音を合図に。／宙にかかげられた角笛を／音たかくヘイムダッルは吹く。

(同『北欧神話』二八八頁より引用)

これと比較できるのが『新約聖書』「ヨハネの黙示録」第八章です。そこでは七人の御使《みつか》いの吹くラッパが次々と神の試練と苦難をよび起こすとされています。

このように北欧の神話は、インド＝ヨーロッパ語族の共通神話にさかのぼるような古い要素と、キリスト教との接触ののちに加えられた新しい要素が混在しています。ですがそれらを包括《ほうかつ》するのは、世界は常に危機にひんしている、そしてやがて終末のときを迎えるのだという、きわめて緊迫《きんぱく》した世界観であるといえるでしょう。

7
インドネシアの神話

イノシシ殺害ののち、原初の人間は死ぬようになり、子をつくるようになった(ニューギニア、キワイ族)。本文のウェマーレ族の神話では、犠牲になるのはイノシシではなくハイヌウェレ

インドネシアの先住民の間には、神話学上きわめて重要で、かつ物語としてもおもしろい神話があります。ここでは、おもに二つのタイプの神話を取り上げることにします。一つは農耕の起源神話で、話の主人公の名前を取って「ハイヌウェレ型」とよばれている神話です。もう一つは死の起源神話で、「バナナ型」というユニークな名前がつけられています。

まずは、ハイヌウェレの神話を見ていくことにしましょう。

「ハイヌウェレ神話」

この話は、インドネシアのセラム島に住むウェマーレ族に伝わる話で、ドイツの民族学者イェンゼン(一八九九～一九六五年)が現地で聞き取ったものです。

アメタという男がイノシシを狩っていて、ココヤシの実を見つけました。ハイヌウェレはそのココヤシの実から誕生しました。アメタが養父として彼女を育てました。ハイヌウェレはおどろくべき速さで成長し、三日後には結婚可能な女性となっていました。彼女は普通の人間ではなく、自分の排せつ物として高価な皿や銅鑼《どら》などを出しました。

あるとき村で、マロ舞踏《ぶとう》とよばれる九日間にわたる盛大な祭が行われました。その祭の中で、ハイヌウェレは村の人々に高価な皿や装身具や銅鑼などを毎日配りました。はじめは喜んでいた村人たちも、次第に彼女を不気味に感じ始め、またハイヌウェレの富への嫉妬《しっと》も相まって、祭りの九日目に集団で彼女を殺して舞踏の広場にうめました。

ハイヌウェレが帰宅しないのでアメタは占いをして彼女の死体を探し出しました。アメタはハイヌウェレの身体を細かく切りきざんであちこちにうめました。するとハイヌウェレの身体の諸部分から、そのときにはまだ地上になかったさまざまな物、とりわけ主食となるイモが生じました。人々はこれによって、以降、農耕を行って生きていくことになりました。

そのとき、ムルア・サテネという女神が地上を支配していました。女神はハイヌウェレを殺した人々を呪《のろ》い、彼らに死の運命を定めました。それ以前、人間は死ななかったのです。しかしハイヌウェレの死が世界で最初の死となり、以来人々は死の運命を背負うことになったのです。

別伝によれば、女神は人間たちにこう言ったといいます。

「おまえたちはハイヌウェレを殺した。今やおまえたちは彼女を食わねばならぬ」。

つまり人間たちはこの事件以来ずっと、ハイヌウェレの死体から生じたイモを食べることで、殺されたハイヌウェレの身体を食べ続けているのです。

この神話の内容は衝撃的《しょうげきてき》で、きたないところもありますし、残酷《ざんこく》なところもあります。「これも神話なのか?」と思われるかもしれませんが、じつはこの話には、いろいろと深い意味が隠《かく》されています。

まず、神話の中の重要なできごとを整理しましょう。ポイントは二つです。一つ目は、「死の起源」が語られているということです。ハイヌウェレは人々に殺害されました。これが世界で最初の死となりました。後ほど説明しますが、「殺害」という要素はこの話の中でとても重要なのです。そしてそれ以降、人々にも死の運命が課されました。

二つ目に重要なできごとは、ハイヌウェレという神的少女の死によって、はじめて農耕が発生した、ということろです。つまりこの神話は、死の起源と農耕という文化の起源を同時に語っています。じつは、死と文化が同時に発生したものとして語られる神話は、世界に多く見られます。

この話を採集し研究したイェンゼンは、このようなタイプの作物起源神話を、その代表例であるこの神話の主人公の名から、「ハイヌウェレ型神話」とよぶことを提唱しました。定義すると次のようになります。

「生きている間は排せつ物として食物や貴重品などを出し、殺されて、死体から有用植物を発生させる女神あるいは神の神話」

この型の神話は、おもにインドネシア、メラネシア、ポリネシアからアメリカ大陸にかけて、広大な地域に分布しています。その分布の東の端《はし》、アメリカのミシシッピ河の下流域に住んでいた先住民ナチェズ族に伝わる話も見てみましょう。これほど離れた地域であるにもかかわらず、とてもよく似ている話であることにおどろかれることでしょう。

一人の女が、二人の少女と暮らしていました。女は少女たちにいつもおいしい食べ物を食べさせてやっていました。食べるものがなくなると、女はかごを両手に一つずつ持ってある建物の中に入っていきます。出てきたときには、そのかごが食べ物でいっぱいになっています。

少女たちは不思議に思い、あるとき、女がその建物の中で何をするか、のぞき見しました。女は、かごの上に股《また》を開いて立って、身体をふるわせました。すると、がさごそと音がして、かごが食べ物でいっぱいになったのです。食べ物は、女の大便だったのです。

少女たちは、そんなきたないものを食べることはできないと言い合いました。

のぞき見されたことを知った女は、少女たちに言いました。

「これがきたなく思えて食べられないのなら、私を殺して、死体を燃やしなさい。すると夏に食べ物が生えてくるから、それを食べて生きていきなさい」

少女たちが言われた通りにすると、女を燃やしたところから、夏に、トウモロコシと豆とカボチャが生えました。


（『世界神話事典――創世神話と英雄伝説』角川ソフィア文庫、二〇一二年、二〇三～二〇四頁、吉田敦彦執筆項目参照）

この話でもやはり、排せつ物を出すのと同じやりかたでおいしい食べ物を出していた女が、殺されて、その死体からさまざまな食べ物が発生したとされています。「切りきざみ」のモチーフこそないものの、完全な形のハイヌウェレ型神話であるといえるでしょう。

イェンゼンによれば、このハイヌウェレ型神話は、もとは熱帯で栽培《さいばい》されていたさまざまな種類のイモと、バナナやヤシなどの果樹を主作物とする、原始的な作物栽培をしていた人たちの文化を母胎《ぼたい》にしてできた話です。そしてイェンゼンはこのような作物栽培を、人類の最も古い栽培文化とみなして、その文化のにない手であった熱帯の先住民を、「古栽培民」と名付けました。

古栽培民とハイヌウェレ型神話との結びつきは、イモの栽培方法を考えるとよく理解できます。イモは、切りきざんで、その小片を地面にうめることによって新たに芽を出します。

殺されたハイヌウェレも、養父によってその死体を細かく分断され、あちこちにうめられました。ハイヌウェレの死は殺害によって引き起こされましたが、古栽培民のもとではイモなどの作物は「生きた」ものですので、その作物を収穫して切りきざむことは、殺害行為そのものなのです。

ハイヌウェレは、したがって、イモそのものの女神といえるでしょう。収穫のため、そして栽培のため、イモは殺されて切りきざまれます。これは、ハイヌウェレがたどった運命と同じです。

ハイヌウェレがイモそのもので、だから、イモがそうであるように、神話の中で殺され、切りきざまれなければならなかったのです。

私たちはふつう、生活の中で、肉や魚を食べるときには、すこし考えると、それが「命を殺して、いただいている」ということに思いいたることができます。けれども、イモや野菜を食べて、それで「その命を殺して食べている」とは、なかなか思わないものです。ですが、インドネシアの先住民の人たちは、そのように強く思っていた。イモを食べるのは殺害行為だと思っていた。だから、それを表わす神話を語りついできたのでしょう。

バナナ型死の起源神話

次に、イギリスの社会人類学者フレイザー(一八五四~一九四一年)によって「バナナ型」というおもしろい分類名を与えられた、死の起源神話を取り上げていきます。

「石を拒《こば》んでバナナを選ぶ　インドネシア　スラウェシ」　大昔、天と地の間は今よりもずっと近くて、人間は創造神が天から縄《なわ》に結んで下ろしてくれる贈り物によって暮らしていました。ある日、創造神が石を下ろすと、人間の夫婦は受け取らずに、他のものがほしいと要求しました。神が石を引き上げて、バナナを下ろしてやると、夫婦は喜んで食べました。すると天の神は言いました。

「石を捨ててバナナを選んだから、おまえたちの寿命《じゅみょう》は、子供を持つとすぐに親の木が枯《か》れてしまうバナナのようにはかなくなる。もし石を受け取れば、寿命も石のように永久になったのに」

（同『世界神話事典——創世神話と英雄伝説』一四七〜一四八頁、吉田敦彦執筆項目参照）

この話は、少し形を変えて、内容はほぼ同じものが、インドネシアのウェマーレ族の間にも伝えられています。ウェマーレ族は、ハイヌウェレの神話を伝えていた部族です。

「石とバナナのけんか　インドネシア　モルッカ諸島　セラム島　ウェマーレ族」 大昔、石とバナナの木が、「人間がどのようであるべきか」について激しい言い争いをしました。石は言いました。

「人間は石と同じ外見を持ち、石のように堅《かた》くなければならない。人間はただ右半分だけを持ち、手も足も目も耳も一つだけでよい。そして不死であるべきだ」

バナナは言い返しました。

「人間はバナナのように、手も足も目も耳も二つずつ持ち、バナナのように子を産まなければならない」

言い争いが高《こう》じて、怒った石がバナナの木に飛びかかって打ち砕《くだ》きました。しかし次の日には、そのバナナの木の子供たちが同じ場所に生えていて、その中の一番上の子供が、石と同じ論争をしました。

このようなことが何度かくり返されて、あるとき、新しいバナナの木の一番上の子供が、断崖《だんがい》の縁《ふち》に生えて、石に向かって「この争いは、どちらかが勝つまで終わらないぞ」とさけびました。怒った石はバナナに飛びかかりましたがねらいを外《はず》して、深い谷底へ落ちてしまいました。

バナナたちは大喜びです。

「そこからは飛び上がれないだろう。われわれの勝ちだ」

すると石は言いました。

表7‒1　バナナ型死の起源神話、二つの価値観の対比

石	⇔	バナナ
不死	⇔	死
個体として永久不滅	⇔	子をつくる、種として存続

「いいだろう。人間はバナナのようになるといい。しかし、そのかわりに、バナナのように死ななければならないぞ」

（同『世界神話事典――創世神話と英雄伝説』一四八～一四九頁、吉田敦彦執筆項目参照）

これらのバナナ型死の起源神話には、人間の生と性と死についての、深い洞察《どうさつ》が含まれています。二つの価値観が対比されています（表7‒1）。

石は、それ自体永久不滅《ふめつ》です。死ぬことはありません。ですが、そのかわりに、子供をつくることもありません。一方、バナナは、個体としてはやがて死ぬ運命です。しかし、子供をつくることができます。石は個体として存続し続ける価値観、バナナは種《しゅ》として存続し続ける価値観を表わしています。そして人間は、バナナの運命が割り当てられた。だから人は、死なねばならない。けれども、子供をつくることができるのです。

この二つの価値観は、両立することはありません。つまり、個体として不死であり、なおかつ子供もつくれるということになると、世界は生き物であふれかえってしまい、秩序《ちつじょ》がなりたちません。どちらか一方しか成り立たないのです。

この神話を語りついだ人々は、このような生と性と死のあり方について、よく考えぬいていたのです。これこそ、神話の論理ともいえましょう。

8
中国の神話

羿、9個の太陽を射落とす

中国、とりわけ多数を占める漢民族の間では、神話が少ない、という特徴があります。彼らの間では、神話はわずかしか文献類に記されませんでした。また、記されていても断片的なものばかりで、体系化されることも、集大成されることもありませんでした。

古代中国に神話がなかったわけではないのです。その証拠に、神話が形を変えた「伝説」は多く残されています。しかし神話は、ほとんど記録の対象となりませんでした。

その理由は、古代中国の人々が現実主義的で、神話に興味がうすかったためと考えられます。このことは、春秋《しゅんじゅう》戦国時代の儒教《じゅきょう》の祖・孔子《こうし》（紀元前五五二〜前四七九年）の態度をよく表わすとされる「怪力乱神《かいりょくらんしん》を語らず」という言葉に集約されています。神話の類《たぐい》を語ることを極力さけたのです。

そこで、本章では、断片的に記録された神話を、三つに分類して紹介します。「創世《そうせい》神話」「天体の神話」「異界訪問」です。

まずは、創世神話、天地の始まりの神話です。これには、さまざまなタイプがあります。

「天地開闢《かいびゃく》（『淮《え》南子《なんじ》』）」

はじめ、世界は混沌《こんとん》としていました。つかみどころのない混沌の暗闇《くらやみ》の中から、やがて、二柱《ふたはしら》の神が自然に現れました。さらにそこから、陰《いん》の気と陽《よう》の気が分離し、四方の方角が分かれ、かたいものとやわらかいものが生まれ、そこから万物《ばんぶつ》が形作られました。不純な気からは鳥や獣《けもの》、虫、魚などが生じ、純粋な気は人類となりました。

この神話では、世界は、ひとりでに「進化」をしながら形を整えていったと語られています。このようなタイプの神話を「進化型創世神話」とよびます。生物が世代を重ねる過程で次第に進化して、いまある姿を取った、そのように、世界そのものも自ら進化していまある形になった、ということです。

『旧約聖書』では神が世界を創りました。それに対して、この中国の神話では、世界は自ら形を整えました。このように世界の創られかたが対照的である一方、両者の神話には似たところもあります。それが「分離」の要素です。

中国では、陰と陽の気がまず分離したとされています。中国の思想では、世界のすべてのものは陰の気と陽の気から成っています。大地が陰、天空が陽、月が陰、太陽が陽、女性が陰、男性が陽、という具合に。『旧約聖書』でも、神は同じように世界を「分離」することで、秩序《ちつじょ》を作り上げていきました。

次の話は、「卵」がキーワードです。

「混沌（『雲笈七籤《うんきゅうしちせん》』）」

昔、陰と陽がまだ分離していなかったときのことを始源《しげん》とよびました。そのつかみどころのない様子は、まるで鶏《にわとり》の卵のようで、これを混沌といいました。宇宙にはまだ光も、形も、音も、声も、ありませんでした。

いわゆる「宇宙卵型《うちゅうらん》」の神話です。世界の最初のときの様子を、卵にたとえるものです。おそらく、古代の人々の生活の中で自然に観察された、卵から鳥や蛇などが生まれてくる、そのことへの驚嘆《きょうたん》と敬意から生まれた神話でしょう。

同じような卵の話は、フィンランドの叙事詩《じょじし》『カレワラ』や、インドなど、世界各地に見られます。

次の神話の型も、世界的に広く分布しているものです。世界の最初のときの、巨人の話です。

「盤古《ばんこ》(『五運歴年紀《ごうんれきねんき》』)」

はじめに盤古という巨大な神がいました(図8-1)。盤古が死んで、さまざまなものに変わりました。息は風や雲に、声は雷鳴に、左目は太陽に、右目は月に、胴体や手足は四方と五つの山に、血液は河川に、筋脈は山や丘《きゅう》陵《りょう》、池や沢など大地の起伏に、肉は耕す土地に、髪《かみ》の毛やひげは星々に、体毛は草木に、歯や骨は金属や岩石に、最もすぐれた部分は珠玉《しゅぎょく》に、汗《あせ》は雨に、そして体内の虫

図8-1　原初の巨人、盤古

は民衆となりました。

原初のときの巨人が死んだり殺されたりして、その巨人の死体から世界の諸要素が作られたという、「世界巨人型」とよばれる神話です。同じタイプの話が、北欧ではユミル（第6章一三一～一三二頁参照）、インドではプルシャ、メソポタミアではティアマトの話（第2章三九～四〇頁参照）として語られています。

この神話の背景には、牧畜民の考え方があります。牧畜民は、家畜の肉や乳《ちち》を利用するだけでなく、その皮や骨まで、すべてを衣食住に利用します。

そのような生活形態から生まれた神話としてなら、この奇妙な神話――世界の諸要素がすべて巨人である、すなわち私たちは「巨人の中」で暮らしている――の意味を、理解することができると思うのです。

「人類の起源（『風俗通義《ふうぞくつうぎ》』）」

女神女媧《じょか》は（図8-2）、人間を創《つく》ろうとして、まず土をこねて一人一人創っていましたが、次第にこの重労働に嫌気がさし、縄《なわ》を泥《どろ》にひたして、それを引き上げたときにしたたった泥で残りの人間を創りました。
土をこねて創られた人々は高貴な人間に、縄の泥から創られた人々は庶民《しょみん》になりました。

身もふたもない、人間の貴賤《きせん》の起源となっていますね。

ここで注目したいのは、女媧が「土」から人間を創った、とされているところです。じつは世界の神話で、人間はしばしば土から創られます。『旧約聖書』では、神は土から最初の男を創りました。ニュージーランドの神話では、タネという名の神が土をこねて女を創りました。

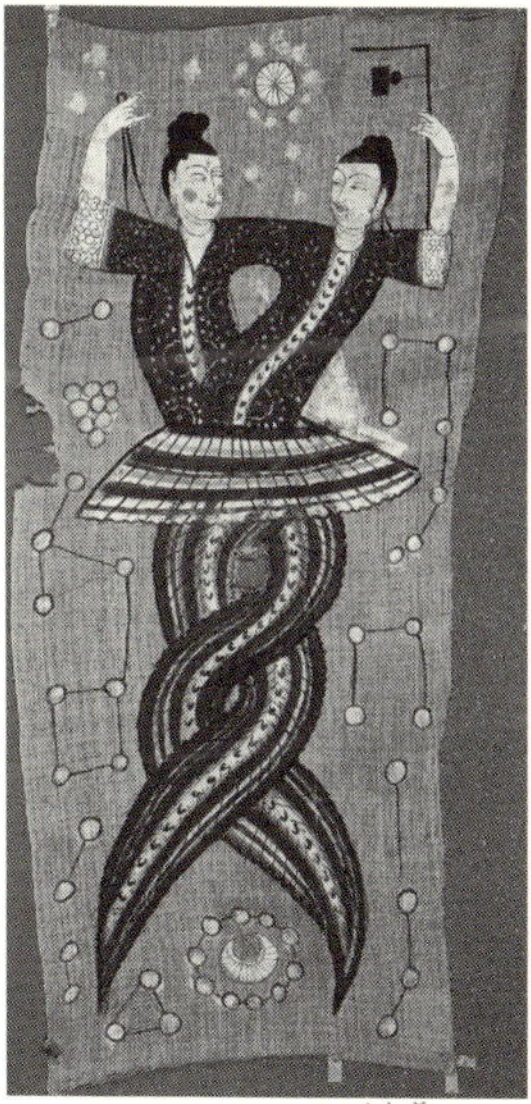

図 8–2　女媧と伏羲《ふくぎ》

このような神話の背景には、土をこねて土器や土偶《どぐう》を作っていた古代の人々の生活があるのかもしれません。土で神の姿を作る、そのように、神も土で人間を創ったのではないか、という考えです。
世界が創られ、人間も無事に創られたところで、太陽と月の話を見ていくことにしましょう。

「羿《げい》の射日(『**淮南子**』)**」**

昔、太陽は一〇個あり、交替で一つずつ空に出ていました。ところが堯帝《ぎょうてい》の時代に一〇個の太陽がいっせいに空に出ました。そのため、草木はみな焼け枯れてしまいました。堯帝は羿に太陽を弓で射させることにしました。羿は一〇個のうち九つの太陽に矢を命中させました(本章扉絵)。それらの太陽の中に住む烏《からす》はみな死んでしまいました。

図8-3　太陽の中の三本足の烏(漢代の壁画)

図8-4　日本サッカー協会のシンボル・三本足の烏

太陽の中には、烏が住んでいることになっています。その烏は足が三本です(図8-3)。三本足の烏、それを私たちは現代でも目にすることがあります。日本サッカー協会のシンボルマークです(図8−4)。起源をたどれば、この中国の神話にいきつくのです。

次に、月の神話を見てみましょう。短い話ですが、月に特有の要素がしっかり表現されています。

「月の中のひきがえる(『捜神記《そうしんき》』)」

羿が西王母《せいおうぼ》から不死の薬をもらいましたが、それを妻の嫦娥《じょうが》が盗んで月へ逃げました。嫦娥はそのまま月に身をよせて、ひきがえるになりました。

ひきがえるが出てきます。日本では、月の模様を「ウサギ」と思っていることが多いのではないでしょうか。あるいは、「カニ」というのもあると思います。中国では、月の模様はひきがえるであるとも考えられていました。ひきがえるのごつごつとした背中は、たしかに月の表面に似ています。

ひきがえると月の関連は、それだけではありません。ひきがえるは冬眠をしますが、この年ごとの冬眠と覚醒《かくせい》のサイクルによって、ひきがえるは「生と死をくり返す」動物と考えられたのです。月は、欠けていくことで死におもむき、新月の暗闇を経て、満ちていくことで生命をふくらませます。生と死を永遠にくり返しているのです。そこで、この両者が結びついたのでしょう。

また、嫦娥は不死の薬を持って月にすみ着きました。月によみがえりや不死の飲料があるという神話は世界に多くみられます。わが国でも、最古の和歌集である『万葉集《まんようしゅう》』(巻一三)に、月に「をち水」があると歌われていますが、「をち水」とは「若返りの水」のことです。やはり、月と不死・よみがえり・若返りが結びついています。

太陽と月の話をしましたので、次は、星の神のでてくる話です。

「生死をつかさどる星(『捜神記』)」

管輅《かんろ》という物知りの人物がいました。あるとき彼は麦畑でひとりの少年を見かけて、「おまえの寿命《じゅみょう》は二十歳《はたち》にならないうちにつきるだろう」と言ってため息をつきました。

少年は父親とともに管輅に願って、寿命をのばす方法をたずねました。管輅は言いました。

「酒とほし肉を持って、麦畑の横にある桑《くわ》の木の下に行きなさい。そこで二人の男が碁《ご》を打っているだろう。だまってその二人に酒を注いだりほし肉を差し出したりしなさい。二人は勝手に飲み食いするだろう。その間、決して口をきいてはならない。そうしたら、誰かがなんとかしてくれるかもしれない」

少年は言われた通りに、桑の木の下で碁を打つ二人の男のもとに行き、お給仕《きゅうじ》をしました。やがて碁が終わると、北側に座っていた人が顔を上げて、見知らぬ少年が側《そば》にいるのに気づき、少年をしかりつけました。

「どうしてこんなところにおるのだ」

少年は黙ったままでいました。すると南側に座っていた人がとりなして、「この少年の酒とほし肉をごちそうになったのだから、なんとかしてみよう」と言い、北側の人から「台帳」を受け取りました。そこに、少年の名前と寿命が記されていました。

「趙《ちょう》の子、寿命十九前後」

南側の人は、「こうしたらよかろう」と言って、筆をとると、十と九の間に上下を逆さまにするS字状の符号《ふごう》を入れました。「おまえの寿命を九十までのばしてやったよ」と言われ、少年は何度もお礼を言って、管輅と父の待つ家に帰り、報告をしました。

管輅は言いました。

「寿命がのびてよかったね。忘れずに覚えておきなさい。北側に座っていた人が北斗星《ほくと》で、南側に座っていた人が南斗星《なんと》だ。南斗は人間の生をあつかう星で、北斗は人間の死をあつかう星なのだよ」

この話で、北斗星と南斗星という、二人の星の神が出てきます。彼らは碁を打っているのですが、この碁というものに、大きな意味が隠されています。

まず、中国の人々の世界観では、世界は整然と方眼状《ほうがん》に区画されていて、碁盤《ごばん》にたとえられます。また碁の石は黒と白ですが、これは世界を構成する陰と陽の気を表わしています。碁を打っていく営《いとな》みは、したがって、天上世界における天体の運行と、地上における人々の営みを、表わしているのです。

このように、世界そのものの運行を表わす碁とそれを打つ星の神。これとそっくりな話が、沖《おき》縄《なわ》にもあります。

ある子供が、物知りにあなたの寿命は八歳までと言われます。寿命をのばすために、家族そろって山奥で囲碁《いご》をする二人の老人にごちそうを持って行きます。そのごちそうに気づかずに二人は碁を打っていました。

朝になり、二人は人のごちそうを食べていることに気づき、そのお礼として寿命を管理する帳面の記録を八八歳までと改めました。二人の老人は寿命を管理する南斗星と北斗星でした。

中国から沖縄に話が伝わったのでしょう。ただ、この話の伝播《でんぱ》は沖縄までで止まっているようで、日本の他の地域には見つからないようです。

中国の神話の最後にご紹介したいのは、「どこかで聞いたことがある」モチーフです。異界訪問の話です。

「異界訪問——腐っていた斧《おの》の柄《え》（『水経注《すいけいちゅう》』）」

晋代《しんだい》（二六五〜四二〇年）の中ごろ、浙江省《せっこう》に王質《おうしつ》という男がいました。あるとき木をきりに山に入ると、石の洞《どう》くつの中で四人の童子が琴《こと》をひきながら歌をうたっているのを見ました。

しばらく立ち止まり、斧の柄にもたれて耳を傾けていました。すると、童子の一人がなつめの種のようなものを彼に与えました。王質がそれをもらって口に入れると、とたんに空腹を忘れました。

それからしばらくして、童子が「どうしていつまでもここにいるの」と言うので、立ち去ろうとすると、なんともたれかかっていた斧の柄はすっかり腐っていました。

すぐに王質は家に帰りましたが、家を出てから数十年もたっていて、村には誰一人として知り合いがいなくなっていました。

いかがでしょう。わが国の「浦島太郎《うらしまたろう》」の話とそっくりだと思いませんか。異界——王質の場合は山の中の洞くつ、浦島太郎は海の底ですが、いずれにせよ異界です——に行って、ほんのわずかな時間を過ごしたつもりで故郷に帰ると、数十年、数百年の時が経っていた、という話です。このようなモチーフを、日本の神話学者は「ウラシマ効果モチーフ」とよびます。異界と現世では時間の流れが違うということです。

同じモチーフが、ケルトのオシーンの話にも出てきました(第5章一一六～一二〇頁参照)。ケルトと中国と日本では地理的に相当へだたっていますが、何らかの関連、系統的な関連を想定するのが自然に思えます。これからの神話学の課題です。

コラム 「富を移動させる怪異」

中国と日本には、地理的な近さもあって、よく似た話がたくさんみつかります。たとえば中国に「屋敷神《やしきがみ》(『捜神記』)」の話があります。

臨川《りんせん》県(江西《こうせい》省)の陳臣《ちんしん》は大金持ちでした。ある日の白昼、屋敷内の竹のしげみから、身の丈《たけ》一丈《じょう》(約三メートル)あまりの恐ろしい顔をした男が姿を現し、ずかずかと陳臣に近寄ってきて言うには、「わしは永年この家に住んでいたが、きさまは一向に気がつかなかった。今、きさまと別れることになったので、そのことを知らせておく」。

その男が姿を消してから一か月ほどの間に、屋敷から火が出て大火事となったり、下男や下女がぽっくり死んだりの不幸が続き、一年の間にすっかり落ちぶれてしまいました。

さて、わが国の東北地方には「座敷童《ざしきわらし》」の伝承があります。枕《まくら》返しなどの罪のないいたずらをする子供の妖怪《ようかい》で、住んでいる家を裕福にしてくれますが、住人には普段はその姿は見られません。ところがあるとき見知らぬ子供が家を出て行くのが見られ、その後その家は急速に衰《すい》退《たい》する、というものです。

一方は大男、他方は子供と、姿は正反対ですが、その存在の持つ「働き」は同じで、どちらも「富を移動させる怪異」であると定義することができます。

9
オセアニアの神話

顔に入れ墨をほどこしたニュージーランドの先住民マオリ（写真：123RF）

オセアニア、すなわち日本から見て南に位置するオーストラリアやニュージーランドなどの地域ですが、このあたりにどのような神話があり、どのような神々がいるかは、あまり知られていないように思います。

しかしながら、じつは私たちにとってどこかで聞いたことがあるような神話があったり、いたずら者の神様が活躍する楽しい神話があったりします。まずは、「どこかで聞いたことがある」神話を紹介しましょう。

ミクロネシア・メラネシアの神話

「イルカ女房《にょうぼう》」——ミクロネシア　ウリティ島

二匹のイルカの少女たちが、岸辺にやって来て男たちのおどりを見ていました。二人の少女は夜ごと尾びれを脱《ぬ》ぎ捨てて人間に変身し、その尾びれを隠《かく》していました。四日目の夜、ある男が少女たちを盗《ぬす》み見し、一人の尾びれを盗んでしまいます。その少女は海に戻れなくなり、その男と結婚し、幸せな日々を送っているかのように見えました。

しばらくして女は二人の子をもうけました。尾びれをしまった包みは、家の梁《はり》の上に隠されていたのですが、ある日、梁から虫が落ちてきて、女はそこにあった包みに気づきました。彼女は包みを開けて尾びれを見つけ、それを身に付けました。海に戻る前に女は子供たちに、「決してイルカの肉は食べないように」と警告しました。彼女はイルカだから、子供たちがその肉を食べるということは、同類を食べることになるからです。

もう一つ、メラネシアにもよく似た話があります。

「空の乙女《おとめ》」――メラネシア　バヌアツ

トリックスターのクァットという男がいました。あるとき彼は空の乙女たちが翼《つばさ》を外して水浴びをしているのを見て、その翼を一組隠したので、一人の乙女が空に帰れなくなってしまいます。

乙女はクァットと結婚しました。

ところがある日、彼女はクァットの母にしかられて、泣き出してしまいます。するとその涙が翼を隠していた土を洗い流し、翼を見つけた乙女は空に飛び去りました。

クァットは矢をくさり状にして天空に放ち、天空にあるバンヤンという樹の根元にからみつけ、妻を追って天空の世界に行きました。そこに畑を耕している男がいたので、クァットは彼に、自分が無事に地上に戻るまで根っこをいじらないように頼みました。

しかしクァットが妻を連れて地上に下っている間に、根っこは折れてしまい、クァットは地上に落ちて死んでしまいました。空の乙女は天空に飛んで行ったということです。


この二つの話はとてもよく似ています。まず、海にせよ空にせよ、異界から少女たちがやって来ます。そのうちの一人が異界の象徴である尾びれや翼を隠され、それを隠した男と結婚します。あるとき尾びれや翼がみつかり、異界に帰っていきます。夫がその後どうなったかについては、このタイプの伝承ではさまざまで、再び結ばれたとするものもあれば、別れ別れになったり、男が死んでしまったりといろいろです。

このようなタイプの話は「天人女房型《てんにんにょうぼうがた》」とよばれ、ほぼ世界中に分布しています。インド、中国、アラビアの「千一夜物語《せんいちやものがたり》」、ヨーロッパ各地、アフリカ、オセアニア、北米、そして日本。

この中で、確認できる限り最も古いのはインドの話です。インド最古の宗教文献『リグ・ヴェーダ』(紀元前一二〇〇年頃)にこの話の片鱗《へんりん》が見られます。ウルヴァシーという天女《てんにょ》とプルーラヴァスという人間の王の話です(第1章六〜七頁参照)。

この話を私たちがなじみ深いと思うのは、次のような、よく知られた話が日本にあるからです。

「天女の羽衣《はごろも》」(「**駿河国風土記逸文《するがのくにふどきいつぶん》**」) 昔、天女が天から降りてきて、その羽衣を松の枝にかけました。漁師がこれを手にとってみると、えも言われずやわらかく軽い。それを返すよう天女に乞《こ》われましたが、漁師は返しませんでした。天女は羽衣がなくては天に帰れず、やむを得ず漁師の妻になりました。

のちに天女は羽衣を見つけて天に去り、漁師も仙人《せんにん》となって天に昇って結ばれました。

このように世界中に似た神話があるのはなぜなのか。とても興味深い問題ですが、ここでは類似の指摘のみに留めておきます。世界の神話の類似については、さまざまな見方があり、一つ一つの事例に対して、個別に考えていく必要があるからです。このことは、あとがきでお話しすることにしましょう。

オーストラリア・アボリジニの神話

オーストラリアの先住民は、アボリジニとよばれます。彼らの神話のキーワードは「夢の時代」です。これは神話の時代のことを指します。

この「夢の時代」に、世界のすべての秩序《ちつじょ》が整えられました。儀式《ぎしき》、おきて、社会組織、信仰、通過儀礼、狩り、食糧採集、調理法、漁場、水の湧《わ》く土地、木の実の採れる森の位置など、すべてが決められました。その後、創造主は、その土地になりました。創造主は最後に大地に同化したのです。創造主自身の身体が漁場であり、泉であり、森なのです。

この最後の部分は、とても大切なことをわれわれに教えてくれます。ユダヤ・キリスト・イスラームの一神教的な世界観においては、神はあるとき世界を創り、その後は自らが創った世界の「外部」にいることになっています。世界と神は、へだたっています。

しかしながら、このアボリジニの世界観においては、神はまさに「世界」そのものなのです。人々は神の中で生きている。このような思考のもとでは、人間は自然に手を加えることができません。それ自体「神」であるからです。神を傷つけるようなことはできないのです。

一方、キリスト教やイスラームのような一神教の世界観では、神は人間のために世界を創ってくださった。したがって、自然を「利用する」ことができます。科学の発達が一神教の世界において顕著《けんちょ》であったことも、このような背景があるのかもしれません。

こうした思想の違いは、どちらかが優れているということではありません。私たちは、「違う神話、違う思想を持つ人々が世界にはたくさんいる」ということを、優劣《ゆうれつ》をつけずに知っていることが大事なのです。

ニュージーランドの神話

ニュージーランドの先住民は、マオリとよばれています。顔や身体に細かい入れ墨《ずみ》をしていることが、彼らの伝統の特徴として知られています(本章扉絵)。一九世紀に、当時の大英帝国のニュージーランド総督《そうとく》として派遣《はけん》されたジョージ・グレイが、マオリの首長から語ってもらった話に、次のようなものがあります。

天地分離

はじめに一組の夫婦神だけがありました。天空の神ランギと、大地の女神《めがみ》パパでした。天地は暗黒でおおわれていて、二人の神はたがいに抱き合ったままでした。離れたくなかったのです。二人の間に子供が生まれ、生き物がふえましたが、光がさすことはなく、ずっと暗いままでした。子供たちは話し合いました。乱暴者のツは父母を殺してしまえと言いましたが、森の神タネ・マフタは二人を引き離せばいいだろうと言いました。

そこで天地を引き離す計画が立てられ、まず作物の神ロンゴ・マ・タネが試みましたが引き離すことはできませんでした。次に魚類と爬虫類《はちゅうるい》の父であるタンガロアががんばりましたが、やはり二人を引き離せませんでした。食物の父たるハウミア・ティキティキが挑戦しましたが失敗に終わり、残酷《ざんこく》な人類の父たるツ・マタウエンガも失敗に終わりました。

最後に森の神タネ・マフタが、頭を大地につけ、足を天にあげて力いっぱい押すと、天地は引き離されはじめました。引き離される苦痛に天地がうなり声を上げましたが、タネ・マフタは休まず力をしぼり、とうとう天地は遠くへだたり、世界は明るくなりました。

遠く離れてしまった天と地の愛は今でも続いていて、大地の愛は霧《きり》になって天に届き、天の愛は露《つゆ》となって地に降り注ぎます。

このように、原初のときに抱き合っていた天地の夫婦が分離して世界が形作られたという話は、ギリシアのウラノスとガイア（第4章七九〜八〇頁参照）、天地の性別が反対ですが、エジプトのヌトとゲブの話（第3章六一〜六二頁参照）など、類話が多く認められます。

マウイの神話

次に、ニュージーランドの神話の中でもとくに名高いトリックスター、マウイの一連の神話を取り上げていきましょう。

「マウイの冒険」 半神半人のマウイは未熟児で生まれたため、母タランガが髪《かみ》にくるみ海に捨てました。祖先に拾われて育てられ、やがて母と再会しました。父親がマウイの命を保護するための呪文《じゅもん》を唱えましたが、呪文の一部を誤って省略してしまい、そのためにマウイは将来、死を克服《こくふく》できない運命となりました。

「マウイ、太陽をつかまえる」 世界ができたばかりの頃、太陽は、駆《か》け足で空をわたっていました。そのため昼間がとても短く、夜がとても長かったのです。

マウイは太陽をゆっくり歩ませるために、四人の兄たちに協力を求め、麻《あさ》を集めてロープを作りました。マウイは先祖のあごの骨を持ち、兄たちがロープを持って、太陽に見つからないように夜の間旅をし、太陽が昇ると身を隠しました。こうして旅を続け、東のほうの、太陽がそこから昇る穴にたどりつきました。

兄弟たちはロープでわなをしかけて、太陽が昇るのを待ちました。太陽が出てきてわなにかかると、太陽は大暴れしましたが、ロープのわなはきつくしまっていくばかりです。マウイは魔法の武器で、太陽の顔面をむごいほどなぐりました。さらに残虐《ざんぎゃく》な一撃をくらわせると、太陽はとうとう降参し、ロープが解かれました。

太陽はその日、のろのろと弱々しくはうように空を渡りました。

太陽は不自由な身体となり、その後はゆっくりと空を渡るようになったといいます。


太陽神が身体に不具合がある、とくにその脚が不自由であるとする話は、日本にもあります。イザナキとイザナミの最初の子は脚が不自由で生まれてきたので船に乗せられて流されました。この子、ヒルコは「日ル子《ひるこ》」であり、アマテラス以前の太陽神であったと考えられています。

またインドの神話では、アルナという神が、脚ができあがらないうちに母に卵を割られて生まれてきますが、このアルナは太陽神の馬車の御者《ぎょしゃ》となりました。太陽と脚の不自由、というモチーフが結びついて表わされています。

なぜこのような太陽神の脚の不具合の神話が広く語られているのでしょうか。筆者の考えでは、太陽は空を非常にゆっくりと歩むので、その遅さが、古代人に、太陽は脚が悪いという神話を語らせたのではないかと思うのです。

「マウイ、島を釣《つ》り上げる」　マウイの四人の兄たちが漁に出るとき、マウイはこっそりカヌーの船底に隠れました。そしてカヌーが遠い沖《おき》に出てから、のこのこと姿を現しました。兄たちにマウイはいい漁場を教えたので、魚がどっさりとれました。兄たちが帰ろうとすると、マウイは自分も釣りをしたいといいだしました。マウイは先祖の女神のあごの骨で作った釣り針に、自分の鼻血をつけて海に入れ、風をよび寄せる呪文を唱えました。釣り針にかかったのは、みごとな島でした。

「島を釣り上げる」モチーフは、「島釣り型」とよばれる創世《そうせい》神話の一つのタイプで、海に面した南海地域に多く分布していますが、日本にも島釣り型の変形と思われる話があります。

原初の夫婦神イザナキとイザナミが虹《にじ》と思われるアメノウキハシに立って、そこからアメノヌボコという矛《ほこ》を差し下ろしてかきまぜると、矛から潮水《しおみず》がしたたって最初の島、オノゴロ島になりました、という話です。矛で島を作りだした話なので、島を釣り上げるモチーフに近いものがあります。

「マウイ、人々に火をもたらす」 ある日、マウイはいたずら心を起こして、夜の間に村中の火を消して回りました。もしすべての火を消してしまったら一体どういう事態になるのか、知りたかったのです。

翌日の朝早く、召使《めしつか》いたちは料理のための火を探しましたが、村中の家を探しても見つけることはできません。そこでマウイが、火を持っているマフイカという祖先の女神の所へ行くことになりました。マウイの母は、決してマフイカにいたずらを仕かけたりしないようにと厳重《げんじゅう》に注意してから、マウイを送り出しました。

マウイはしばらく歩いて、マフイカの住む所に着きました。マウイはマフイカに話しかけました。

「ご先祖さま、どうか私に火のありかを教えてください。村の火はみな消えてしまいました。あなたに火をいただきたいのです」

マフイカはマウイが自分の孫であることにすぐに気付いて、こころよく火を与えました。女神が小指のつめを引き抜くと、そこから火がふき出したのです。マウイは小指のつめを受け取ると、立ち去りました。

ところが、二、三歩歩いたところで、マウイはいたずら心を起こして火を消してしまい、マフイカの所に戻って「あなたにもらった火は消えてしまいました。もう一つ火をくださいませんか」と言いました。すると女神は中指のつめを抜き、炎となったそのつめをマウイに渡しました。しかしマウイは同じことをくり返し、何度も火を消しては女神のところで新しい火をもらいました。

女神は薬指、親指、人差し指のつめを次々にマウイに与えました。マウイはもっと火をもらうために、火を消していきました。マウイは、もはや村に火を持ち帰ることなどに興味はなく、女神から最後の火までうばったらどうなるか、それが知りたかったのです。

女神はとうとう両手のつめをすべて抜き、両足のつめも抜いて、後には一本の足指を残すのみとなりました。ついに女神はマウイが自分をあざむいていることに気づき、残っている足のつめを引き抜くと、それを地面に投げつけました。地面は一面火の海となりました。

マウイは必死で逃げながら、雨の神タフィリを呼んで雨を降らしてくれるように頼みました。やがて大きな雲が現れ、長雨を降らせ、一面水浸《みずびた》しになり、火は消えてしまいました。女神マフイカの周りにも水かさが増しました。女神は以前に持っていた呪力《じゅりょく》をうばわれてしまったのです。

ところが、火は、別の形で人間に与えられるようになりました。それは乾燥《かんそう》した樹木の中に入り、人々は摩擦《まさつ》によってそれらの樹木から火をおこすことができるようになったのです。

さて次は、マウイの最後の冒険です。死と対峙《たいじ》し、その克服に失敗してしまいます。その結果はたいへん深刻なものとなりました。

「マウイ、死の克服に失敗する」 マウイは人間たちを死から解放するため、小鳥たちをお供に西へ向かいました。死の大女神《だいじょしん》ヒネ・ヌイ・テ・ポに会って、その脚の間から胎内《たいない》にもぐりこみ、口から出ることに成功すれば、人間はみな、死の大女神から永遠に解き放たれるのです。

大女神は横になって眠っていました。マウイは証人として見ている小鳥たちに、何があろうと決して笑うなと言いわたしました。

まずマウイはネズミに変身しました。しかし大きすぎて女神の脚の間から入れません。マウイは芋虫《いもむし》になってはっていきました。小鳥たちは笑いたいのを必死に我慢《がまん》していましたが、孔雀鳩《くじゃくばと》がついに笑いだしてしまいました。女神はその笑い声に目を覚まし、芋虫のマウイを殺してしまいました。

こうして人間は、永遠に、不老不死を手に入れることができなくなったのです。

人は通常、母の脚の間から生まれてきます。その逆、脚から入って口から出ていくことで、マウイは死を克服しようとしました。しかし失敗に終わり、マウイは死に、人間も永遠に死の運命をまぬがれなくなったのです。

これらマウイの一連の冒険譚《ぼうけんたん》には、彼のトリックスター（いたずら者の神）としての性質がよく表われています。太陽の歩みを遅くして、島を釣り上げることで世界の結構を整え、いたずらで火を消したことにより、それまで女神が独占していた火を人間が自由に使えるようにし、そして最後に自らの死とともに人間の死の運命をも決定づけました。

「いたずら」と狡知《こうち》によって世界の秩序を作りだした、それがマウイだったのです。

10
中南米の神話、北米の神話

アステカの暦(写真：123 RF)

中南米の神話

メソアメリカ(メキシコの東半分、グアテマラ、ベリーズ、エルサルバドル、ホンジュラス西部)では、紀元前一二〇〇年ごろより、スペイン征服《せいふく》期(一六世紀初頭)まで、オルメカ、サポテカ、テオティワカン、アステカ、マヤなどの特徴ある文明が興亡《こうぼう》しました。

主作物はトウモロコシでした。メソアメリカでは紀元前二〇〇〇年頃から、トウモロコシを基《き》盤《ばん》とする農耕定住生活が行われていました。

メソアメリカの神話のキーワードは「犠牲《ぎせい》」です。神々も人間も、世界に対して犠牲を払って、世界を存続させるとされています。この思想のもと、その神話も残酷《ざんこく》な、血の匂《にお》いのするものが多いのですが、そこにも神話としての意味が読み取れるのだということを、私たちは知らなければなりません。

アステカの「世界のなりたち」に関する神話を見ていきましょう。

アステカ「世界のなりたち」

「五つの太陽」　われわれが今住んでいる世界は、五番目の太陽の時代で、その前に四つの時代がありました。時代が変わるごとに太陽が代わり、そこに住む人間も変わったといいます。

最初はジャガーの時代で、テスカトリポカという神が太陽でした。巨人が住み、どんぐりを食べていましたが、ジャガーが一人残らず食い尽くしてしまいました。

第二の時代は風の時代で、ケツァルコアトルが太陽でしたが、台風で破壊されました。人間は松の実を食べていましたが、猿に変えられました。

三番目は雨の時代で、トラロックが太陽でした。この新たな時代の人間は水生植物を糧《かて》として生きていましたが、火の雨によりほろびました。

四番目は水の時代で、チャルチウトリクェが太陽でした。洪水《こうずい》によりほろび、人間たちは魚に変えられました。

四つの時代が過ぎ去ると、第五の時代が作られました。これは「動き」の時代です。トナティウが太陽です。やがて、地震で崩壊《ほうかい》するとされています。

先述したようにこのアステカの神話では、世界は四度滅亡《めつぼう》し、現代が五度目の時代、五つ目の太陽の時代であるとされています。このように、時代とそこに住む人間の種類が変わっていく、という神話は、インドやギリシア、ケルトにもあります。

インドでは、「ユガ」とよばれる壮大な四つの時代区分があります。はじめから、「クリタ・ユガ」「トレーター・ユガ」「ドゥヴァーパラ・ユガ」「カリ・ユガ」といいます。時代が変わるにつれ、世界も人間も悪くなっていきます。最初の時代は黄金時代、だんだん悪くなって、最後の時代は暗黒時代で、それが今このときであるとされます（第1章二四〜二五頁参照）。

ギリシアでは、五つの人間の種族がいたことになっています。最初はすべてに恵まれた「黄金の種族」、次いで「白銀の種族」「青銅《せいどう》の種族」「英雄の種族」「鉄の種族」となり、現代は鉄の種族の人間の時代です。この神話でもやはり、基本的には時代が新しくなるにつれて、悪くなっていきます（第4章八六〜八七頁参照）。

ケルトには、アイルランドに次々に異なる種族が入ってきては滅亡した、という神話があります（第5章一〇六〜一〇七頁参照）。

インド、ギリシアの場合にはっきりと現れているのですが、時代はだんだん悪くなり、それに伴《ともな》い人間の性質も悪くなります。

ところがアステカの五つの太陽の神話では、人間はだんだんと良くなる、とされています。はじめは未完成だった人間が、のちに紹介するように、第五の太陽の時代に創られたときには、完全な人間となっていました。

同じように時代と人類が入れかわるというモチーフを持っていても、だんだん悪くなっていくのか、良くなっていくのか、という点では、異なっているのです。

「大地の創造」 現在の世界が生まれる以前の話です。四つの太陽が破壊された世界は、水でおおわれていました。そこにワニのような怪物がまたがっていました。その怪物はすべての関節に眼と口が無数についていて、歯をかみならし、人間の血と肉を求めていました。

世界を再創造するために地上に降りてきた二人の創造神、ケツァルコアトルとテスカトリポカは、大きな蛇《へび》に姿を変えて、一人がこの怪物の右手と左足をつかみ、もう一人が左手と右足をつかんで、強くねじって引きさきました。その死体の半分で大地を作り、もう半分を天空へと押し上げました。大地の女神《めがみ》はトラルテクトリとよばれるようになりました。

神々は地上に降りてきて、この女神の身体から、世界を構成するさまざまなものを創りました。髪《かみ》の毛で木や草花、皮膚《ひふ》からも小さな草花、眼からは沼《ぬま》や泉《いずみ》、洞《どう》くつ、口から川や渓谷《けいこく》、鼻から谷や山々などを創りました。

しかしながら、女神は夜ごと人間の心臓をほしがって泣き止みませんでした。人間の生けにえが与えられなければ、大地は人間のための食糧を産み出そうとしませんでした。

原初のときの怪物の女神が、殺されて、その身体から大地や世界の構成要素が創られたというこの話は、メソポタミアのティアマトの話とよく似ています。ティアマトも女神で、しかも竜《りゅう》のような怪物の姿をしていたとされています。そして、新しい世代の男の神であるマルドゥクに殺害され、その身体を半分に引きさかれ、それぞれの半身から天と地が創られました(第2章三九~四〇頁参照)。

神話において、大地は女神であることがほとんどですが、さらにこれらの話では、その女神は犠牲にされて、そして大地となった、とされているのです。私たちは、女神の「死体」の上で生きている、ということになります。

「人間の創造」　ケツァルコアトルは地獄へ降り、四つ目の時代にほろびた人々の残った骨と灰《はい》を集め、そこに自らの血をふりかけ、人間を創造しました。まだ食物がなかったので、ケツァルコアトルは黒蟻《くろあり》に化け、赤蟻の案内でトウモロコシの粒《つぶ》を得て、人々にもたらしました。

「第五の太陽」　人間が創造されたとき、まだ世界は暗闇でした。そこで、太陽と月が創られることになりました。神々は集まって、誰が新しい時代を照らすべきか、議論しました。月の神テクシステカトルは、傲慢《ごうまん》にも簡単な任務だと思って引き受けました。

しかし他の神々は第二の志願者を募《つの》りました。そこに、病をわずらうナナワツィンという神がいました。彼はこの仕事を謙虚《けんきょ》に引き受けました。

テクシステカトルとナナワツィンは四日間苦行をし、準備をしてから炉《ろ》に火をつけ、供《そな》え物をしました。テクシステカトルは、ケツァル鳥の羽、金の塊《かたまり》、貴石や珊瑚《さんご》から作った針などを高価

図 10–1　ケツァル鳥。色鮮やかで美しく長い尾を持つ。ケツァルコアトルの名前の前半は、この鳥の名である（写真：123RF）

な香《こう》とともに供えました（図10–1）。ナナワツィンは、緑の葦《あし》の束、自分の血を塗《ぬ》ったリュウゼツランの棘《とげ》と、自分の傷口から取ったかさぶたを供えました。

真夜中になり、二人が火に飛びこむときが来ました。神々が「テクシステカトル、火に飛びこめ！」と言いました。テクシステカトルは身構えましたが、火が大きく燃えて熱いので、恐ろしくなり、身を投げようとせず引き返しました。四度試みましたが、四回ともたじろぎました。

今度はナナワツィンが呼ばれました。「さあ、飛びこめ！」と言われると、ナナワツィンは勇気をふるいおこして突進し、火に身を投げました。彼は焼き肉のように燃えました。

テクシステカトルは恥ずかしくなって、ナナワツィンのあとにしたがって炎の中に身を投げました。

神々は彼らが再び現れるのを待ちました。東から、ナナワツィンが姿を現しました。彼はもはや病身の神ではなく、輝かしい太陽であるトナティウになって、あたり一帯に光を降り注ぎます。

そのあとテクシステカトルも東の空に昇りました。しかし太陽が二つもあると明るすぎます。神々はテクシステカトルの顔にウサギを一匹、投げつけました。するとその輝きは太陽よりも弱くなり、彼は月となりました。このため今でも満月にはウサギの姿が見えるのです。

人身供儀《じんしんくぎ》の意味

これら一連の世界のなりたちの神話で、現在の世界の前にあった四つの世界はすべて、天変地異《てんぺんちい》によりほろび去りました。そして、私たちが生きるこの世界も、いずれは滅亡《めつぼう》するべく定められていることになっています。アステカ人は、万物の死滅を一日でも遅らせるために、太陽に生けにえの心臓と血をささげ続けました。

彼らにとっては、大地も、太陽も月も、女神と神々の犠牲によって創られました。だからこそ、そのようにして創られた世界を存続させるために、自分たちも犠牲を払わなければならない、犠牲をささげ続けなければならない、そう考えていたのです。

彼らが野蛮《やばん》な人々で、だから野蛮な儀礼《ぎれい》を行っていた、ということではないのです。彼らはただ、自分たちの尊《とうと》い神話を、生きていたのです。犠牲を正当化したいわけではありません。そのような神話と、それに基づいた儀礼があり、人々はその中で生きていたことがあった、そのことを私たちは知っていなければならないと思うのです。

「死と火の起源」——南アメリカ　アピナイェ族

次に、南アメリカのアピナイェ族に伝わる死の起源神話をみてみましょう。主人公の少年は、冒険に失敗してしまいますが、そのかわりに大切なものを人間にもたらしました。

大昔、人間は火も弓矢も知らず、ジャガーがその両方を持っていました(図10-2)。あるとき一人の少年が、ジャガーに命を助けてもらって、そのジャガーの養子にされて家に連れて行かれて、そこで初めて「火」というものを見ました。その火で焼いた焼き肉もはじめて食べました。ジャガーはまた少年に、弓矢を与えて使い方を教えてやりました。このころ、ジャガーは人間にとても親切だったのです。

それからジャガーは少年に焼き肉をたくさん持たせて、こう注意した上で、人間の村に帰らせました。

「途中でおまえを呼ぶ声が聞こえるだろう。そのとき、岩とアロエイラの樹の呼びかけにだけ答えなさい。腐った木のささやくような呼びかけには、決して答えてはいけない」

図 10–2　ジャガー。神話では文化を人間にもたらした聖なる動物とされる（写真：123RF）

ところが少年はこの注意を忘れてしまって、最初の岩と、二番目のアロエイラの樹の呼びかけに答えたあとで、三番目の腐った木の呼びかけにも答えてしまいました。そのために人間の寿命《じゅみょう》も、朽《く》ちてしまう木のように短くなってしまいました。もしこのとき少年がジャガーの注意を守っていたら、人間は岩やアロエイラの樹と同じくらい長生きできるはずだったのです。

村に帰った少年は、ジャガーの家に火のあることを村人に話して聞かせました。人々はさっそく、火をもらいにジャガーのもとへ行きました。ジャガーは人々を温かく歓迎し、火を贈り物として人間に与えました。


この神話はまず、人間がなぜ死ぬようになったのかを語る、死の起源神話となっています。そしてそれと同時に、火や、火を使った料理や、弓矢といった「文化」の起源も語られています。死と文化。この組み合わせは、インドネシアのハイヌウェレの話にも当てはまります。ハイヌウェレ殺害によって、人々は死の運命を宣告され、それと同時に、ハイヌウェレから生じたイモを栽培して主食として食べるようになったからです(第7章一五四〜一五六頁参照)。

つまり人間は、不死という不自然な、しかし魅力的な状態と引きかえに、文化という、人間を他の動物と区別する大切な要素を手に入れたのです。

北米の神話

氷河期のころ、アメリカの先住民であるインディアンの祖先たちが、アジア大陸からベーリング海峡を経て移住してきました。そのころ、ベーリング海峡は氷に閉ざされていて、両大陸はひとつながりだったのです。

北米を特徴づける神話として、「結婚したがらない娘」セドナの話があります。エスキモーに広く伝わる、次のような話です。

「セドナ」

セドナは海と海の生物の女神です。巨大でみにくく、眼は一つしかありません。しかし、かつては美しい娘でした。求婚者がたくさんいましたが、こばみ続けていました。

あるとき、とても美しい男がカヤックをこいでやって来て、求婚しました。セドナも彼を気に入って結婚しました。ところが男は人間に化けた鳥の悪霊《あくりょう》でした。セドナの父が助けに来て、セドナをボートの毛皮の下に隠しました。探しに来た男は鳥の姿に戻り、さけび声をあげて去って行きましたが、このとき激しい嵐が起こりました。この悪霊のしわざでした。

命の危険を感じた父は、セドナを海に投げこんで自分だけ助かろうとしました。セドナはボートの縁《へり》につかまって助けを請《こ》いましたが、父は斧《おの》でセドナの指先と、指全体を切り落としました。それらが海に落ちて、アシカやセイウチ、トド、クジラなどになりました。ついにセドナは海に落ち、海は静かになりました。

女神セドナの指から海獣《かいじゅう》が生じたとするこの神話は、インドの女神サティーの話と似ているところがあります。サティーはシヴァ神の妃《きさき》でしたが、夫が祭式に呼ばれなかったことを恥じて自殺しました。

シヴァは悲しみのあまり妻の死体をかついで各地を歩いて回ったので、世界が滅亡の危機にさらされました。そこで世界の維持神《いじしん》ヴィシュヌが、サティーの死体を武器である円盤《えんばん》チャクラで細断しました。サティーの死体の断片が大地に落ちて、そこから新たに土地の女神たちが誕生しました。

このように女神の身体の一部から新しい生命が誕生する、という神話は、本章の二〇三〜二〇四頁で取り上げたトラルテクトリや、メソポタミアのティアマトにも通じます（第2章三九〜四〇頁参照）。

女神の身体は別のものに変わり、その命は形を変えて、今も生きているのです。

付録
古事記

天孫降臨（狩野探道画）

最後に、日本の神話伝説を体系的に記した現存最古の典籍《てんせき》、『古事記《こじき》』のエッセンスも紹介しておきましょう。これまで紹介した世界の神話との類似性が読み取れるものも少なくありません。『古事記』は七一二年に成立し、上中下の三巻から成ります。天武《てんむ》天皇の命令により、稗田阿《ひえだのあ》礼《れ》がよみ方を伝えた伝承を、太安万侶《おおのやすまろ》が撰録《せんろく》したといわれています。『古事記』の神話といえる部分である上巻のあらすじを、以下に紹介しましょう。

おおまかな構成

1　イザナキ・イザナミによる世界創造
2-1　アマテラスとスサノヲの物語（ウケヒ、アマテラスの岩屋籠《いわやごも》り）
2-2　スサノヲとオホクニヌシの物語（スサノヲのヲロチ退治、オホクニヌシの根の国での試練）
2-3　オホクニヌシとアマテラスの物語（国作り、国譲り）
3　アマテラスの子孫たちの物語（天孫降臨《てんそんこうりん》、ホノニニギの結婚、海幸彦山幸彦《うみさちびこやまさちびこ》）

Ⅰ 天地のはじめ

天地の最初の時、高天原《たかまのはら》にアメノミナカヌシ、タカミムスヒ、カムムスヒが誕生した。国土はくらげのようにただよっていた。神々が次々に生まれる。

Ⅱ 国生み・神生み

①オノゴロ島　原初の夫婦神イザナキとイザナミは天と地の間にかかった天《あめ》の浮橋《うきはし》に立って、アメノヌボコという矛《ほこ》を下界の海に差し下ろしてかき混ぜて引き上げると、その矛からしたたり落ちた塩水が積もって島となった。これがオノゴロ島である。

図 11–1　イザナキとイザナミ、アメノウキハシに立ってアメノヌボコで下界の海をかきまぜる（小林永濯画、明治時代）

②国生み・神生み　イザナキとイザナミはオノゴロ島で結婚し、まず国土を産み、次に神々を産んだ。

③ **カグツチ**　火の神カグツチを産んだときにイザナミは女性器を焼かれて死んでしまった。イザナキは、愛しい妻を一人の子供に代えてしまったと言って激しくなげき悲しみ、腰に佩《は》いていた剣《つるぎ》でカグツチの頸《くび》を切った。

④ **黄泉《よみ》の国**　イザナキはイザナミを追って黄泉の国に行った。イザナミは「黄泉の神と相談する間、絶対に自分の姿を見ないでください」と言ったが、イザナキは待ちきれずに見てしまった。怒ったイザナミはヨモツシコメ(黄泉の鬼女)たちに、逃げるイザナキを追いかけさせ、最後には自ら追いかけてきた。イザナキは巨大な岩で道をふさぎ、その岩をはさんで二人は夫婦の別離の言葉を交わした。

　イザナミが「私はあなたの国の人々を一日に一〇〇〇人殺しましょう」と言うと、イザナキは「それなら私は一日に一五〇〇の産屋《うぶや》を建てよう」と言った。こうして、一日に一〇〇〇の人が死に、そのかわりに一日に一五〇〇の人が生まれることになった。

⑤ **三貴子誕生**　黄泉の国から逃れてきたイザナキは、穢《けが》れを祓《はら》うため、川に入って禊《みそぎ》(はらへ)をした。左の目を洗うと太陽の女神アマテラスが生まれた。右の目を洗うと月の神ツクヨミが、鼻を洗うと暴風雨の神スサノヲが生まれた。アマテラスには高天原、ツクヨミには夜の国、スサノヲには

海の世界が割り当てられた。

スサノヲは命じられた国を治めようとしないで泣きわめき、世界に禍《わざわい》をもたらした。イザナキがスサノヲにわけをたずねると、「根の国にいる母のイザナミを慕《した》って泣いているのです」と答えたのでイザナキは怒ってスサノヲを追放した。

Ⅲ アマテラスとスサノヲ

① スサノヲの昇天　イザナキから追放されたスサノヲは、姉のアマテラスに挨拶《あいさつ》をしようと考え、高天原に向かって昇っていった。その様子があまりにさわがしかったので、アマテラスは弟が自分の国をうばおうとしてやって来たのだと思い、男装し弓矢で武装してスサノヲを待ちうけ、「どういうわけで昇ってきたのか」とたずねた。

② アマテラスとスサノヲの誓約（ウケヒ）　スサノヲが邪心のないことを主張すると、アマテラスはそれを証明せよと言ったので、二人はウケヒをして子供を産みあうことにした。

二人は天《あめ》の安河《やすのかわ》をはさんで立ち、まずアマテラスがスサノヲの剣から三柱の女神《めがみ》を誕生させ、次にスサノヲがアマテラスの勾玉《まがたま》から五柱の男神を誕生させた。スサノヲの持ち物から女の子が生まれたのでスサノヲの勝ちとなった。

③天の岩屋戸　身の潔白が証明されたスサノヲは調子に乗って高天原でさまざまないたずらをした。しかしアマテラスはスサノヲのいたずらをとがめようとせず、逆に色々に言いつくろって、かばってやっていた。

あるときスサノヲは、アマテラスが神の衣服を織る機屋《はたや》に皮をはいだ血みどろの馬を投げこんだ。機織《はたお》りをしていた女神が驚きのあまり手にしていた梭《ひ》（機織の道具）で女性器を突いて死んでしまった。アマテラスは怒って天の岩屋の戸を開いて中にこもってしまった。そのため高天原も葦原中国《あしはらのなかつくに》（地上）もすべて暗闇《くらやみ》に閉ざされ、さまざまな禍が発生した。

八《や》百《お》万《よろず》の神々が天の安河の河原に集まり、知恵に優れたオモヒカネの神に対策を考えさせた。そしてまず常世《とこよ》の長鳴鳥《ながなきどり》という鶏《にわとり》を集めて鳴かせた。次に鏡と玉を作らせ、天の香具山《かぐやま》から根こじにしてきた賢木《かしこぎ》にその勾玉と鏡と白と青の布をかけて、お祭りをした。

女神アメノウズメが陰部を見せておどると、八百万の神々が大笑いした。それにつられてアマテラスが戸を少し開くと、アメノタヂカラヲがアマテラスを外に引き出した。世界は再び明るくなった。神々はスサノヲを罰《ばっ》した上で高天原から追放した。

図 11-2　天岩戸神話の天照大御神（春斎年昌画、1887 年）

④オホゲツヒメ（五穀の起源）　高天原を追放されたスサノヲは、オホゲツヒメに食べ物を乞《こ》うた。するとオホゲツヒメは、鼻や口や尻からさまざまなおいしい食べ物を出して調理して差し出した。

スサノヲはその様子を見て、けがれた食べ物を出されたと思って怒り、オホゲツヒメを殺してしまった。すると殺された女神の身体から、さまざまな穀物が生じた。

⑤スサノヲのヲロチ退治　スサノヲは出雲《いずも》の国の肥河《ひのかわ》の河上の鳥髪《とりかみ》というところに降りてきた。そこでは毎年ヤマタノヲロチという八頭八尾の大蛇《だいじゃ》が土地の娘たちを食べていた。スサノヲはもうすぐ食べられることになっていたクシナダヒメを救うため、ヲロチに酒を飲ませ、酔ったところを斬り殺して退治した。その尾から一振りの剣が出てきたので、アマテラスに献上した。これが後の草薙《くさなぎ》の剣である。

スサノヲはクシナダヒメをめとって、出雲の須賀《すか》の地に新居の宮を造って住んだ。

Ⅳ オホクニヌシ

① 因幡《いなば》の白兎《しろうさぎ》

オホクニヌシはスサノヲの六代目の孫として生まれた。彼には多くの兄たちがいた。ある時この大勢の兄(八十神《やそがみ》)たちは、因幡のヤカミヒメに求婚しようと思って、オホクニヌシをお供に連れ立って因幡に向かった。気多《けた》の岬までやって来たとき、毛皮をはがれて丸裸になった兎が横たわっているのを見て、八十神は「塩水を浴びて風に当たり、高い山の頂《いただき》に寝ていれば治る」と教えた。兎の皮膚《ひふ》はひどくひび割れてしまった。

兎が泣いていると、オホクニヌシがそれを見つけて、どうして泣いているのかたずねた。兎はもともと隠岐島《おきのしま》にいて、こちら側に渡りたいと思ったが、渡る方法がなかった。そこで海にいるワニをだまして並ばせて、その背中を踏んで岬まで渡ったが、最後にワニに皮をはがれてしまったのだった。

オホクニヌシは兎に正しい治療法を教えてやった。兎が言われた通りに、すぐに川の真水で体を洗い、その河口の蒲《がま》の花粉を取ってまき散らし、その上に寝転がると、すっかり体が元通りになった。これが因幡の白兎で、兎神《うさぎがみ》と呼ばれている。

ヤカミヒメはオホクニヌシを夫に選んだ。

②**根の国訪問**　オホクニヌシは八十神の嫉妬《しっと》を買い、何度も殺されるが、そのたびに母神が生き返らせた。しかし八十神の攻撃があまりにしつこいので、彼らから逃れるため、オホクニヌシは祖先のスサノヲのいる根の国を訪れた。スサノヲによってさまざまな試練を課され、最後にオホクニヌシはスサノヲの娘スセリビメを連れて地上へ帰り、八十神を征伐《せいばつ》し、スセリビメを正妻として地上を治めた。

図 11-3　兎の皮膚を治した植物・ガマの仲間(写真：123RF)

③**スクナヒコナ**　オホクニヌシは海からやって来た小人の神スクナヒコナと協力して地上に農業や医療を広め、国造りを行った。その後スクナヒコナは海の彼方の常世国に行ってしまった。

V　国譲り

アマテラスは自分の息子のオシホミミに地上の葦原中国を統治させたいと考え、使者を派遣してオホクニヌシに国を譲るよう説得させた。オオクニヌシは自身のために壮大な宮殿を建てることを条件に承諾《しょうだく》した。出雲に立派な宮殿(出雲大社)が作られた。

VI 天孫降臨《てんそんこうりん》

①**ホノニニギの生誕**　地上に降りる準備をしている間に、オシホミミに息子が生まれたので、この息子、つまりアマテラスの孫ホノニニギを、オシホミミにかわって地上に降《くだ》すことにした。

②**天孫降臨**　ホノニニギはお供の神々を連れて天から降りていった(本章扉絵)。このとき、かつてアマテラスを岩屋から導いた勾玉と鏡、それに草薙の剣よりなる三種の神器も携《たずさ》えていた。ホノニニギは筑紫《つくし》の日向《ひむか》の高千穂《たかちほ》の霊峰に降りて来ると、その地をとても良い場所だと言って壮大な宮殿を建てて住んだ。

③**コノハナサクヤビメとイハナガヒメ**　ホノニニギは山の神の娘イハナガヒメとコノハナサクヤビメをめとったが、その姉は容姿がひどくみにくかったために親のもとへ送り返し、美しい妹のコノハナサクヤビメだけをそばに留めて一夜を共にした。

山の神オホヤマツミは、ホノニニギがイハナガヒメを送り返したことを深く恥《は》じ、岩のように永久の寿命を象徴するイハナガヒメを拒んだために、ホノニニギの子孫、つまり後の天皇の寿命は短くなるだろうと呪った。

Ⅶ 海幸彦《うみさちびこ》と山幸彦《やまさちびこ》

① 釣《つ》り針の紛失　ホノニニギとコノハナサクヤビメの間に三人の息子が生まれた。長男のホデリは海幸彦として海のさまざまな魚をとり、三男のホヲリは山幸彦として山のさまざまな獣《けもの》を狩って暮らしていた。

あるときホヲリは兄のホデリに、おたがいの漁と狩りの道具を交換することを強く要求して、無理やりに取りかえてもらったが、その釣り針を海に落としてなくしてしまった。

兄に強く返却を求められて海辺で泣いていると、シホツチの神が現れて海の宮殿へ行く方法を教えてくれた。ホヲリは竹で編んだかごの小舟を作って海の世界へ行った。

② 海神の宮殿　ホヲリは海底の宮殿につくと、泉の側の桂《かつら》の木の上で待っていた。そこに海の神の娘トヨタマビメの侍女が現れ、ホヲリのことをトヨタマビメに伝えた。姫はホヲリを見るなり一目ぼれして、父の海の神オホワタツミに伝え、祝福されて結婚した。

ホヲリは三年の間、そこに滞在した。

③兄への復讐《ふくしゅう》　オホワタツミはホヲリがそもそも海底にやってきた理由を知ると、大小の魚を集めて釣り針のゆくえを問い、赤い鯛《たい》ののどの中から見つけ出した。オホワタツミはそれをホヲリに渡し、それを兄に返すときの呪文《じゅもん》を教え、また兄をこらしめるための宝珠《ほうじゅ》を与えた。

地上に帰ったホヲリはすべて海の神の言う通りにして兄をこらしめたので、以来兄の子孫は隼《はや》人《と》として宮廷の守護をになうこととなった。

④トヨタマビメの出産　トヨタマビメは地上に出向いてきて出産をしたが、ワニの姿になって出産していたところを夫に見られてしまったので、生まれてきた子にウガヤフキアヘズと名付け、この子を残して海に帰った。

トヨタマビメの妹のタマヨリビメがウガヤフキアヘズを養育し、後に彼の妻となって四人の子をもうけ、その一人がカムヤマトイハレビコ、後の神武《じんむ》天皇である。

あとがき

本書を最後まで読んでくださったみなさんは、「世界の神話って、どこか似ているものが多い」ということに気づかれたかもしれませんね。そう、世界中でよく似た神話は見つかります。距離的にはかなり遠く隔《へだ》たっている地域でも、神話は似ているということがよくあるのです。

いったいなぜ、世界の神話は似ているのでしょうか？　これは、じつはとても難しい問題です。何か一つの方法によってすべての神話の類似《るいじ》の理由に答えが出せる、そのような魔法はどこにもありません。一つ一つの事例について、ていねいに検証していく必要があるのです。

ただ、神話が似ている理由を解き明かす方法としては、大きく四つのものがあります。その四つをご紹介しましょう。

1　伝播《でんぱ》による

まずは、「伝播」、つまり一方から他方に神話が伝わった場合をみてみましょう。例として挙げるのは、日本とギリシアの「冥界降り《めいかいくだ》」の神話です。日本のものは、二一八頁④ですでに紹介した、イザナキが妻のイザナミを黄泉《よみ》の国へ迎えに行く話です。この話とそっくりな話が、ギリシアにあります。

「オルペウスとエウリュディケ」(ギリシア)

芸術の女神《めがみ》ムサイたちの一人であるカリオペから、天才的な楽人《がくじん》であるオルペウスが生まれました。彼が竪琴《たてごと》を奏《かな》でながら歌を歌うと、その霊妙《れいみょう》な調べは、猛獣《もうじゅう》の心をも和《やわ》らげ、草木をも彼に向かってなびかせたといいます。

オルペウスはトラケ人の王となり、美しいニンフのエウリュディケを妻としましたが、エウリュディケはあるとき、毒蛇《どくへび》にかまれてうら若い命を落としました。オルペウスは最愛の妻を失い、昼も夜もなく泣きくずれましたが、いかにしても心がなぐさまらないので、ついにひとり、愛用の楽器をたずさえて、亡き妻を取り戻すために地下の国へとおもむきました。

オルペウスは死者の国の王ハデスとその妻ペルセポネの前で、亡き妻を恋い慕《した》う歌を、精魂《せいこん》こめて歌いました。するとその調べに、ハデスとペルセポネは心を動かされ、峻厳《しゅんげん》な冥府《めいふ》のおきてを曲げて、特別にエウリュディケを連れ帰ることを許しました。しかしこれには一つ条件が付けられていました。それは、オルペウスが地下の世界を離れる前には、彼の後につき従うエウリュディケの姿を決して見てはならないというものでした。

オルペウスは喜び勇んで帰路についたのですが、途中で背後に妻の足音が聞こえないことに気付くと、いてもたってもいられずに、ついに禁を破ってふり返ってしまったのです。するとエウリュディケはたちまち息絶えてたおれてしまい、オルペウスは今度こそ本当に、取り戻しかけた妻を永遠に失わなければなりませんでした。

ギリシアと日本の冥界降りの話を整理すると、類似点は三つあります。

まず、オルペウスが妻エウリュディケの突然の死を悲しんで、冥界まで取り戻しに出かけたように、イザナキも、妻イザナミの死を深くなげき悲しみ、ついに死者の国まで追いかけていき、取り戻そうとします。

次に、ギリシアでも日本でも、冥界に下りていった夫は、一度はその目的を果たすことができそうになります。オルペウスはエウリュディケを連れて冥界を出ることを冥界の王と王妃に許されました。イザナキの場合は、死んだ妻イザナミは、黄泉の国の支配者と地上に帰る相談をしています。

しかし、オルペウスもイザナキも、「妻の姿を見てはいけない」という禁(「見るなの禁」)を破ったために、妻を冥府に残して一人で地上に帰ることになりました。


この日本とギリシアの冥界降り神話は、細かい要素や冥界における「見るなの禁」のような特《とく》殊《しゅ》な要素まで似ているので、偶然とは考えられません。一方から他方に神話が伝わったと考えるのがいちばん自然です。この場合、古代の文化が広まっていく流れと同じように、西から東へ、という経路が想定されます。具体的には、ギリシアの神話がイラン系遊牧民のスキタイに伝わり、そこから朝鮮《ちょうせん》半島を経由して、日本に伝わったと考えられています。

このように、伝播による神話の類似は世界中で多く見られます。古代の世界は決して孤立していたのではなく、相互に広く関連を持っていたのです。

2　インド＝ヨーロッパ語族の場合

インドやギリシア、北欧のゲルマン、ケルトなどは、みな同じ言語の「家族」です。インドからヨーロッパにかけて分布する言語の家族ということで、「インド＝ヨーロッパ語族」といいます。

この語族は、もともとは一つの社会を営《いとな》み、同じ神話を持っていましたが、のちに分散していきます。しかし分散した後も、共通の神話を受けついでいきました。そこで、たとえばギリシアとインドの神話には、インド＝ヨーロッパ語族に由来すると思われる、よく似た神話が見つかります。

ここでは、「大地の重荷」の話を紹介しましょう。

「大地の重荷」（ギリシア）

あるとき、あまりにも数の増えすぎた人間の重荷にたえかねた大地の女神が、その重荷を軽減してくれるようにゼウスに嘆願《たんがん》しました。

ゼウスは彼女をあわれみ、まずテバイをめぐる戦争を起こして多くの人間を殺し、次に女神テティスを人間ペレウスと結婚させて英雄アキレウスを誕生させ、またゼウス自身と人間の女レダとの間に絶世の美女ヘレネを生まれさせました。そしてこの二人の主人公によって準備されたトロイ戦争においてさらに多くの人間を殺し、大地の負担を軽減しました。


インドの叙事詩《じょじし》『マハーバーラタ』の主題であるクルクシェートラの大戦争も、これとほとんど同じ経緯で起こったことになっています。

「大地の重荷」(インド)

地上に生まれ変わったアスラたちによって大地は生き物たちにあふれ、その重荷にたえられなくなった大地女神は創造神ブラフマーに助けを求めました。

するとブラフマーは神々に、地上に化身《けしん》してアスラたちと戦い、大地の重荷を軽減するように命じました。神々は、戦争の主役を演じる多くの英雄たちを地上に誕生させました。

ギリシアとインドの叙事詩神話で、その主題であるトロイ戦争とクルクシェートラの戦争の原因となったできごとが、どちらも「増えすぎた生き物たちによる大地の重荷」であったことになっています。

これは特殊性の高いモチーフであり、まず偶然とは考えられません。ギリシアとインドが同じ語族であることを考慮すると、インド＝ヨーロッパ語族がもともと持っていた古い神話に起源を持つ話であると考えることができます。

3　人間の同一の心理に由来する

人は、同じ人間である以上、みな同じような心理を持っているものです。それらは時代と場所を問わずに、さまざまな神話として表われてきます。

ここでは、「怖い女神」の例をあげてみましょう。女神とは、優しく慈《いつく》しむばかりの存在ではありません。恐ろしい、人間の命をのみこんでしまうような女神もいて、世界中の神話に現れます。

たとえば日本神話のイザナミは、イザナキとのいさかいの末、人間に死の運命を宣告した恐ろしい女神です。ポリネシアのヒネという女神も、同じように人間の死の運命を定めました。メソアメリカではトラルテクトリという大地の女神が豊穣《ほうじょう》の代償《だいしょう》として人間の心臓を求めます（第10章二〇三〜二〇四頁参照）。インドには恐るべき女神カーリーがいます（第1章三三頁参照）。

女神は、命を生み出すと同時に、その生み出した命に責任を持たなければなりません。つまり死を与えることによって命を回収するのです。その女神のはたらきが、人間の共通の心の中にあって、同じような女神像を、それぞれの地域で生み出してきたのでしょう。

4 同じ現象が同じ神話を生む

最後に、ごく単純な話ですが、同じような自然現象などが、似た神話を生み出すことがあります。たとえば、卵から鳥や蛇などの命が生まれる、これは世界中どこの地域でも観察できる現象ですね。そこで、卵から「世界」も生まれてきた、とする「宇宙卵型《うちゅうらん》」と呼ばれる神話が世界中にあります。同じ自然現象を観察して、そこからの類推《るいすい》で生まれた神話と考えられます。

こうして、世界の神話はさまざまな理由で、似ているのです。

神話について学ぶことで、私たちは、ただ昔の物語を知るだけではなく、古代の人々の交流の痕跡《こんせき》や、共通の心理の反映や、印象的と思われていた自然現象などを知ることができます。神話は、決して荒唐無稽《こうとうむけい》な話ではなく、それぞれ意味があり、現代の私たちにも多くのことを教えてくれます。

本書で取り上げた神話は、世界中にある神話のほんの一部でしかありません。本書を入り口に興味をもたれたみなさんは、巻末の参考文献などを手がかりに、さらなる神話の世界に足を踏み入れていただけると嬉しいです。

神話の語りかけてくれるものに、耳を澄《す》ませてみましょう。

謝辞

私が神話の世界に魅了されたのは、師の吉田敦彦先生の存在あってのことです。変わらず筆者を励《はげ》まし応援してくださる先生に、御礼申し上げます。

松村一男先生には、本書のすべてに目を通していただき、細かくコメントをいただきました。

第3章エジプトの神話に関しては田澤恵子先生に、第5章ケルトの神話に関しては渡邉浩司先生に、付録の古事記に関しては丸山顕徳先生と古川のり子先生に、それぞれご助言いただきました。記して御礼申し上げます。

本書は、企画から出版まで、ジュニア新書編集部の塩田春香さんにたいへんお世話になりました。深謝申し上げます。

二〇一九年七月　自宅にて

沖田瑞穂

参考文献

1　インドの神話

沖田瑞穂『マハーバーラタ入門　インド神話の世界』勉誠出版、2019年

デーヴァダッタ・パトナーヤク著、沖田瑞穂監訳、村上彩訳『インド神話物語　マハーバーラタ』原書房、2019年

小倉泰、横地優子訳注『ヒンドゥー教の聖典　二篇　ギータ・ゴーヴィンダ　デーヴィー・マーハートミャ』平凡社東洋文庫、2000年

上村勝彦『インド神話　マハーバーラタの神々』ちくま学芸文庫、2003年

辻直四郎『古代インドの説話　ブラーフマナ文献より』春秋社、1978年

中村元選集〔決定版〕第30巻『ヒンドゥー教と叙事詩』春秋社、1996年

2　メソポタミアとその周辺の神話

大林太良、伊藤清司、吉田敦彦、松村一男編、『世界神話事典　世界の神々の誕生』角川ソフィア文庫、2012年、「メソポタミアの神話」渡辺和子執筆項目

ジョン・グレイ著、森雅子訳『オリエント神話』青土社、1993年

月本昭男訳『ギルガメシュ叙事詩』岩波書店、1996年

矢島文夫訳『ギルガメシュ叙事詩』ちくま学芸文庫、1998年

関根正雄訳 『旧約聖書　創世記』岩波文庫、1967年改版

『アートバイブル』日本聖書協会、2003年

3 エジプト・アフリカの神話

矢島文夫『エジプトの神話』ちくま文庫、1997年
ヴェロニカ・イオンズ著、酒井傳六訳『エジプト神話』青土社、1991年
山口昌男『道化の民俗学』岩波現代文庫、2007年、201〜202頁
和田浩一郎『古代エジプトの埋葬習慣』ポプラ新書、2014年
吉田敦彦『神話と近親相姦』青土社、1993年
プルタルコス著、柳沼重剛訳『エジプト神イシスとオシリスの伝説について』岩波文庫、1996年
吉田敦彦編『世界の神話101』新書館、2000年、212〜213頁、吉田敦彦執筆項目

4 ギリシアの神話

『世界神話事典 世界の神々の誕生』「ギリシア・ローマの神話」吉田敦彦執筆項目
呉茂一『新装版 ギリシア神話』新潮社、1994年

5 ケルトの神話

『世界神話事典 世界の神々の誕生』「ケルトの神話」松村一男執筆項目
井村君江『ケルトの神話』ちくま文庫、1990年
井村君江『アーサー王ロマンス』ちくま文庫、1992年
フィリップ・ヴァルテール著、渡邉浩司・渡邉裕美子訳『アーサー王神話大事典』原書房、2018年
ミランダ・オルドハウス゠グリーン著、倉嶋雅人訳『ケルト神

話　古代の神々と伝説のガイド』スペクトラム出版社、2018年

6　北欧の神話

下宮忠雄『エッダとサガの言語への案内　序説、文法、テキスト・訳注、語彙』近代文藝社、2017年
菅原邦城『北欧神話』東京書籍、1984年
谷口幸男『エッダとサガ　北欧古典への案内』新潮選書、2017年
谷口幸男訳『エッダ　古代北欧歌謡集』新潮社、1973年
アクセル・オルリック著、尾崎和彦訳『北欧神話の世界　神々の死と復活』青土社、2003年

7　インドネシアの神話

大林太良、伊藤清司、吉田敦彦、松村一男編『世界神話事典　創世神話と英雄伝説』角川ソフィア文庫、2012年、「死の起源」「作物の起源」吉田敦彦執筆項目
AD・E・イェンゼン著、大林太良・牛島巖・樋口大介訳『殺された女神』弘文堂、1977年

8　中国の神話

伊藤清司『中国の神話・伝説』東方書店、1996年
大室幹雄『囲碁の民話学』岩波現代文庫、2004年
丸山顕徳『口承神話伝説の諸相』勉誠出版、2012年

9　オセアニアの神話

山田仁史『新・神話学入門』朝倉書店、2017年
K・ラングロー・パーカー著、松田幸雄訳『アボリジニー神

話』青土社、1996 年
アントニー・アルパーズ編著、井上英明訳『ニュージーランド神話　マオリの伝承世界』青土社、1997 年
ロズリン・ポイニャント著、豊田由貴夫訳『オセアニア神話』青土社、1993 年

10　中南米の神話、北米の神話

『世界神話事典　世界の神々の誕生』「メソアメリカの神話」八杉佳穂執筆項目
松村一男、森雅子、沖田瑞穂編『世界女神大事典』原書房、2015 年、「メソアメリカの女神」笹尾典代執筆項目
カール・タウベ著、藤田美砂子訳『アステカ・マヤの神話』丸善ブックス、1996 年

付録　古事記

倉野憲司校注『古事記』岩波文庫、1963 年
吉田敦彦、古川のり子『日本の神話伝説』青土社、1996 年

沖田　瑞穂

1977年，兵庫県生まれ．神話学者．学習院大学大学院人文科学研究科日本語日本文学専攻博士後期課程修了．博士(日本語日本文学)．専門はインド神話，比較神話．現在，和光大学教授．

中学生の頃，吉田敦彦先生の書かれた神話の本を読んで，「こういう本を書く人になりたい」と思ったのが，神話を学ぶきっかけになった．好きな神はインドの女神ドゥルガー．独立した女神であることに惹かれている．

著訳書に，『世界の神話　躍動する女神たち』(岩波ジュニア新書)，『マハーバーラタの神話学』(弘文堂)，『怖い女』(原書房)，『インド神話物語　マハーバーラタ』(監訳，原書房)，『マハーバーラタ入門』(勉誠出版)，『マハーバーラタ，聖性と戦闘と豊穣』(みずき書林)，『インド神話』(岩波少年文庫)，『すごい神話』(新潮選書)などがある．

世界の神話　　岩波ジュニア新書 902

2019年8月22日　第1刷発行
2025年5月15日　第8刷発行

著　者　沖田瑞穂《おきたみずほ》

発行者　坂本政謙

発行所　株式会社 岩波書店
〒101-8002 東京都千代田区一ツ橋 2-5-5
案内 03-5210-4000　営業部 03-5210-4111
ジュニア新書編集部 03-5210-4065
https://www.iwanami.co.jp/

印刷・理想社　カバー・精興社　製本・中永製本

ISBN 978-4-00-500902-2　Printed in Japan

岩波ジュニア新書の発足に際して

きみたち若い世代は人生の出発点に立っています。きみたちの未来は大きな可能性に満ち、陽春の日のようにひかり輝いています。勉学に体力づくりに、明るくはつらつとした日々を送っていることでしょう。

しかしながら、現代の社会は、また、さまざまな矛盾をはらんでいます。営々として築かれた人類の歴史のなかで、幾千億の先達《せんだつ》たちの英知と努力によって、未知が究明され、人類の進歩がもたらされ、大きく文化として蓄積されてきました。にもかかわらず現代は、核戦争による人類絶滅の危機、貧富の差をはじめとするさまざまな人間的不平等、社会と科学の発展が一方においてもたらした環境の破壊、エネルギーや食糧問題の不安等々、来るべき二十一世紀を前にして、解決を迫られているたくさんの大きな課題がひしめいています。現実の世界はきわめて厳しく、人類の平和と発展のためには、きみたちの新しい英知と真摯《しんし》な努力が切実に必要とされています。

きみたちの前途には、こうした人類の明日の運命が託されています。ですから、たとえば現在の学校で生じているささいな「学力」の差、あるいは家庭環境などによる条件の違いにとらわれて、自分の将来を見限ったりはしないでほしいと思います。個々人の能力とか才能は、いつどこで開花するか計り知れないものがありますし、努力と鍛練の積み重ねの上にこそ切り開かれるものですから、簡単に可能性を放棄したり、容易に「現実」と妥協したりすることのないようにと願っています。

わたしたちは、これから人生を歩むきみたちが、生きることのほんとうの意味を問い、大きく明日をひらくことを心から期待して、ここに新たに岩波ジュニア新書を創刊します。現実に立ち向かうために必要とする知性、豊かな感性と想像力を、きみたちが自らのなかに育てるのに役立ててもらえるよう、すぐれた執筆者による適切な話題を、豊富な写真や挿絵とともに書き下ろしで提供します。若い世代の良き話し相手として、このシリーズを注目してください。わたしたちもまた、きみたちの明日に刮目《かつもく》しています。(一九七九年六月)

985 迷いのない人生なんて ―名もなき人の歩んだ道 共同通信社編
共同通信の連載「迷い道」を書籍化。家族との葛藤、仕事の失敗、病気の苦悩…。市井の人々の様々な回り道の人生を描く。

986 ムクウェゲ医師、平和への闘い ―「女性にとって世界最悪の場所」と私たち 立山芽以子 華井和代 八木亜紀子
アフリカ・コンゴの悲劇が私たちのスマホに繋がっている？ ノーベル平和賞受賞医師の闘いと紛争鉱物問題を知り、考えよう。

987 フレーフレー！就活高校生 ―高卒で働くことを考える 中島 隆
就職を希望する高校生たちが自分にあった職場を選んで働けるよう、いまの時代に高卒で働くことを様々な観点から考える。

988 野生生物は「やさしさ」だけで守れるか？ ―命と向きあう現場から 朝日新聞取材チーム
多様な生物がいる豊かな自然環境を保つために、時にはつらい選択をすることも。悩みながら命と向きあう現場を取材する。

989 〈弱いロボット〉から考える ―人・社会・生きること 岡田美智男
弱さを補いあい、相手の強さを引き出す〈弱いロボット〉は、なぜ必要とされるのか。生きることや社会の在り方と共に考えます。

990 ゼロからの著作権 ―学校・社会・SNSの情報ルール 宮武久佳
情報社会において誰もが知っておくべき著作権。基本的な考え方に加え、学校と社会でのルールの違いを丁寧に解説します。

991 データリテラシー入門
—日本の課題を読み解くスキル
友原章典
地球環境や少子高齢化、女性の社会進出など社会の様々な課題を考えるためのデータ分析のスキルをわかりやすく解説します。

992 スポーツを支える仕事
元永知宏
スポーツ通訳、スポーツドクター、選手代理人、チーム広報など、様々な分野でスポーツを支えている仕事を紹介します。

993 おとぎ話はなぜ残酷でハッピーエンドなのか
ウェルズ恵子
異世界の恋人、「話すな」の掟、開けてはいけない部屋——現代に生き続けるおとぎ話は、私たちに何を語るのでしょう。

994 歴史的に考えること
—過去と対話し、未来をつくる
宇田川幸大
なぜ歴史的に考える力が必要なのか。近現代日本の歩みをたどって今との連関を検証し、よりよい未来をつくる意義を提起する。

995 ガチャコン電車血風録
—地方ローカル鉄道再生の物語
土井　勉
地域の人々の「生活の足」を守るにはどうすればよいのか？　近江鉄道の事例をもとに地方ローカル鉄道の未来を考える。

996 自分ゴトとして考える難民問題
—SDGs時代の向き合い方
日下部尚徳
「なぜ、自分の国に住めないの？」彼らが国を出た理由、キャンプでの生活等を丁寧に解説。自分ゴトにする方法が見えてくる。